쩌 거리의 맘자

저 거리의 암자

신 달 자

시 선 집

문학사상

自序

60여 년 한 인간의 철근 같은 감정을 누가 밀고 왔을까. 기쁨, 슬픔, 분노, 절망 그리고 폭력적인 감정들을 무엇으로 달래며 여기까지 왔을까.

억눌림을 절제라는 이름으로 달래며 죽음의 발목을 잡을 때 터지는 비명의 언어를 달래며 꾸역꾸역, 아니 가파르게 여기까지 왔다.

그 16권의 시집에서 피가 당기는 대로 여기 모셨다. 사람과 자연의 감동이 뜨겁고 아직도 비명 소리가 들리는 듯하다.

차례

1부   너의 연인이 되기 위해 별 이름 하나를 더 왼다

2부   아가雅歌

3부　어머니는 흙으로도 말씀하신다

4부   저 허공도 밥이다

5부　빛의 발자국

1부		너의	연인이	되기	위해
별	이름		하나를	더	왼다

발 Ⅰ

기성화를 샀다.
누굴 위해 만들어진지도 모르는 것에
순응하는
발

누구를 위해 마련된지도 모르는 길을
나의 집도 아닌
집으로
익숙하게 돌아가는
발

스스로를 헌신하여
상실되는
회수할 길 없는 흔적을 남기며

나의 방도 아닌
안개 서린 숲으로

고단한 몸을 옮기는
발

언제나 그것은 전진하나
차단된 상황에
허무의 거미줄을 친다.
부단히 치면서 그 줄 위를 걷는
발

지나간 시간의 흔적을 밟으며
집에 이르면
한 평짜리 현관 옆에
언제쯤 결별할지도 모르는
신발을

소중하게 벗어놓은
숙명의

발

그것은
봉사의 섭리로
어느 곳이든
말없이 질주한다.

＊1972년 2월 『현대문학』 추천 완료 작품

흙 의 말 씀

당신의 구두에
흙을 털어낸다.

진 땅을 밟아 온 세상 이야기
낱낱의 기행紀行을 털어내고 있다.

공간을 나르는 새의 날개
먹이를 물고 오는 어미 주둥이
씨앗을 껴안는
흙의 말씀

구슬이 떨어진다.
당신의 피로 물드는
절정의 흙

흙의 말씀 들린다.
진 땅을 가려 딛는 발소리

뼈가 파이는 굵은 빗줄기가
머릿속
깊이깊이 퍼붓고 있다.

흙을 털어낸다.
진흙 속에 빠져 온
당신의 하루
당신의 침묵이
비로소 열린다.

조 춘 早春

맑은 하늘에서
푸른 면도날이 떨어져
나의 어디를 스쳤을까
혀끝을 내어 미는 꽃나무처럼
나의 몸에 피가 맺히고 있다.
몰매를 맞아 허약해진 귀여
그치지 않는 초인종 소리에
방향도 찾지 못해
문이라는 문은 모두 열고 있는
봄날의 오후에.

귀 가

초인종은
기다리는 사람의 몸에서
울린다.

울리는 자리마다엔
진달래꽃빛의 핏물이 맺히고
기다리는 사람의 몸에서는
수억의 혀가
허공을 젓고 있다.

두 손으로는
자위할 수 없는
끓는 입속의 혀
다만 혀로서만 잘라낼 수 있는
이 한 가지 확실성

기다리는 사람은

전신이 종이 되어

대문 밖에 엎드려

한밤의 인적에 귀를 세워 울고

몇 번째 새로운 눈알을

갈아 끼우는

흔들리는 어둠

울고 있는 종소리를

부축하는 바람이

비어 있는 자리를 일으켜 세운다.

가뭄 난 땅처럼

갈라진 빈 자리가

방 한 켠에 이삿짐처럼 쌓여 있다.

밤새 켜 놓은 전등이

뜨겁게 열을 발하는

새벽에는 비가 내린다.

간밤에 일었던 거품의 흔적이

마당 어귀에서 비에 쓸리고 있다.

겨 울 그 밤 마 다

물이 끓고 있다.
어느 젊음이 조금씩 줄어들며
끓고 있었다.

난롯가에는
물수건 하나가
물기를 가시며 말라가고

누구의 넋인가
하얀 김이 천장을 향해
나르고 있다.
사라져 어둠이 되는
한 방울 물의 흔적이
내 가슴 중심에 맺혀
끓어오른다.

속도를 좁히며

끓는 물소리
초조로이 멀어져 가는
소리를 이어받으며
물이 졸아든다.
달아오른 빈 주전자에 찬물을 따르는
겨울밤 겨울밤

양팔을 벌리며
머리 위부터
찬물을 끼얹는
나의 젊음아

밤마다 밤마다
잠 속으로 이끌고 들어가는
미완의 고백
미완의 용서
그런 것의 그림자가 흔들리며

베개 모서리 어디쯤에서 끓고 있다.

끓고 있다.
나의 젊음이 조금씩 줄어들며
끓고 있었다.

손

손을 펴면
웅덩이처럼 물이
고여 있다.

천 년을 길어도 남을
천연의 샘

한 가정에
맥을 통하는
한 줄기의 물

우리 식구의 식수에
부족함이 없는
한 줄기의 물

패륜아가 돌아와
목을 축이는

어머니의 손금에는

식구의 소망이

도표로 그려져 있다.

겨 울 노 래

창이 흔들릴 때마다
내 울음소리 들린다.
창을 열 때마다
문틈에 끼인 내 발목을 본다.
창의 그 가슴에 입김을 불면
오뉴월에도 풀지 못한 고드름이
하늘도 안 보이는
겨울 창에 맺혀 떨고 있다.
그 숙명의 흔들림.
외마디 소릴 지르는
창 너머 바람
내 등골을 식히는 심령의 바람
간밤 문틈에 치여 얼어붙은 마음
그 사연은 나의 육성으로
언제나 내 귀 안에 출렁인다.

찌꺼기

쓰레기통 속에
연탄재를 버리는데
아니요
하는 소리 들린다.

해져 버려진 신발짝이
구정물에 섞인 밥알이
파지破紙의 휴지쪽이
저마다
눈을 뜨고 죽어 있다.

아니요
아니요

잘려 나가는 손톱이
밀어내는 몸의 때가
얼핏 속 내비치던 소리

배설하지 못하는
내 정신의 찌꺼기
버려져야 할
오늘의 식욕 위에

눈을 뜨고 부서지는
연탄재 하나.

겨 울 성 묘

나무들이 겨울을 가누고 서 있었다.
먼지마저 꺼멓게 얼어붙은 산길에
허기진 듯 바람들이 달겨들었다.

계곡의 물 하얗게 얼어
발길 멈추고
마른 잎으로 몸을 가린 산들이
깊게 겨울 안에 갇혀 있었다.

겨울산으로 내 마흔의 겨울 끌고
불현듯 찾아간
내 어머니 산소
한 차례 센 바람이 가지를 부러뜨리고
어머니를 부르는 내 쉰 목소리도
둔하게 부러져 찬바람이 되었다.

이것인가

고개 떨구는 시선마다 겨울이 깊어 가고
누구의 슬픔인가 아직 끝나지 않은
울음 바람결에 들려왔다.

산이 산이나 바라보며 서 있고
죽은 나뭇가지 위에
흰 구름 하나 멀어지고 있느니
생전에 근심이던 딸 기척에
어머니는 백골로도
내 발길 돌리시는가

발길마다 빈 들이 열리고
어둠은 살아갈수록 짙기만 한데
내 눈물 발자국 모두 거둘 수 있다면
어머니 무덤 잠재우고
설 자리 없는 쓰라린 일상으로
다시 돌아가야겠다.

바람은 더 큰 바람 만들어
알 수 없는 곳으로 불려 가고
인간의 종말과 자연의 생명을
무리 없이 거느린 산
공동묘지 겨울해가 일찍 하산하고
있었다.

정 전

정전이 되었다
차갑게 어둠이 내려 쌓이며
손이 시려왔다.

지금껏 이 어둠을 밝혀온 것은
무엇인가
밝혀 온 그것이
내려앉으며
두꺼운 결빙으로 굳어지고 있었다.

어둠 저편으로
사람의 그림자가 나뭇잎에
묻히고 있었다.

정전이 되었다
돌아누운 등과 등 사이
바람이 불었다.

한 사람이 불을 켜면

한 사람의 몸에 이는 바람이

그 불을 꺼버리곤 하였다.

꽃

네 그림자를 밟는
거리쯤에서
오래 너를 바라보고 싶다.

팔을 들어
네 속닢께 손이 닿는
그 거리쯤에
오래 오래 서 있으면

거리도 없이
너는 내 마음에 와 닿아
아직 터지지 않는 꽃망울 하나
무량하게 피어올라

나는 네 앞에서
발이 붙었다.

노 모 老母

다 가라앉았다.
바람 불어도 흔들릴 것이 없다.
그림처럼 적막한 잠자리에
지난 긴 세월
바람으로 되돌아와 수군대지만
어두운 두 귀는 다 열려 있느니
가끔은 저승의 눈발 하나 둘
흩날리는가
싸락눈으로 내리는 아픈 세월.
이승의 이불 한 자락 끌어 덮고
어둑한 방에 곰팡이처럼
하얗게 피어 있다.

뒷 산

외로울 적에
마음 답답할 적에
뒷산에 올라가 마음을 벗는다.
나무마다 하나씩 마음을 걸어두고
노을을 받으며 드러눕는 그림자
돌아갈 것이 없는 빈 몸이다.
뒷산은 뒷산은 내 몸이다.
무겁게 끌어온 신발의 진흙덩이
서리 감겨 살을 에는 하루의 바람
모두 모두 부려놓는
울먹이는 내 몸이다.

말 하 는   몸

신부님
몸이 있음을 알았습니다
말하는 몸이 있음을.

제 마음을 헐어 담을 쌓는 몸
그 담 다시 허무는 몸이옵니다.
기울지도 않는 햇덩이를 붙안고
웅얼웅얼 몸이 중얼대고 있습니다.
불볕에 단 매미는 무엇을 우는가
지르르 지르르 무엇을 우는가
눈물 하나로는 그 더운 것을 실어낼 수 없어
저 혼자 불이 되고 재가 되는 몸
달래도 달래도 듣지 않는 몸이옵니다.

사람은 자고 몸만 깨어서
몸의 한 모서리를 헐어내고 있습니다.
올올이 풀려서 더 큰 몸이 됩니다.

몸은 다시 그 몸의 노비가 되어
한밤을 지새울 회초리를 깎습니다.
제 몸 풀어 제 몸 칠 회초리가 됩니다.

신부님
내 몸만 한 하늘을 얻기까지는
예수님의 이름으로 보속하지 마옵소서
죄 한번 짓게 풀지 마옵소서.

일 박 一泊

겨울비가 내리고 나는 잠이 들었다. 낯선 어둠 속에 가지런히 신발을 벗어 놓고 주머니마다 비집고 나오는 생활의 옷을 벗어 던지고 친근한 적막의 팔을 베고 잠이 들었다.

날이 새면 떠나가는 가슴을 파고들며

시간을 발길질하는 꿈 안으로 몇 줄기 겨울비가 따라와 발을 적셨다.

간간이 눈을 뜨는 밤

바다가 목까지 차올라 출렁이고 있었다. 낯선 거울 속을 허전히 더듬는 파도의 두 손. 밤새 전신으로 슬픈 무늬를 놓으며 파도는 내 잠과 꿈을 지키며 울었다.

아직 일어나지 않은 몇 가닥 아쉬움이 더운 언저리를 붙들고 엎디어 있는 겨울비가 내리는 아침.

우산도 없이 축축이 젖은 마음 떨며 사라진 어둠과 내 사랑의 일박一泊을 감싼 낡은 벽을 향해 손을 흔들었다.

성회수요일에

한 시인은
예수를 서대문구치소
담벼락에 기대어 울게 하여
우리를 아프게 하였다.

오늘은 재의 수요일
사순절의 수난기에
사람은 웃고
예수는 웃는 사람들의 뒤에서
사람의 모습으로 울고 있다.

우는 예수를 사람들은
유유히 스쳐 간다.

사람들은 바쁘고
수난을 묵상하는 빈자리에
굶주린 예수 홀로 두 손을 모은다.

번들거리는 우리의 이마에
한 점 재를 받을 때
예수는 누더기옷을 벗어
황금을 가진 자의 추위를 덮는다.

친 구 에 게

설령 그 마음에
이지러진 탄식 있다 하여도
갈바람 햇살 속에서 보면야
하늘이 보일 거야.
차오르는 한가위 달 바라보면야
웅크리고 돌아앉은 막무가내
삐진 맘도 돌아서고 말 거야.
유연한 손목도 사나워지는
파들대는 미움도 달래주리니
실로 우리도 한번은 이처럼
가득할 것임을
어느 날 긴 격랑의 소로에서
더웁게 마주칠 것임을.
과목은 가지가 무겁도록
결실을 맺고
달은 차올라 그 언저리
무량할 때

결코 베어내지 않은

우리들 접힌 마음도

한가위 달처럼 둥그렇게 될 거야

둥그렇게 될 거야.

부활의 눈

부활을 보는
부활의 눈을
아이야

죽으심과 부활하심 앞에
바라보면서 바라볼 수 없는
인간의 눈을

씨앗 하나도 보아야 있음을 믿는
인간의 양식良識을
눈 뜨거라
아이야

빈 무덤의 영광
비어 있음의 가득한 찬미
공간의 엄숙함은 그때부터였느니라.
세상의 추운 모서리

어둡고 서늘한 여백에
따뜻한 체온 일고
그때부터 세상의 온갖 것이
완전한 이름을 얻었더니라.

죄의 가슴
검은 손바닥
의심의 눈에도
조용히 오시는 소리
부활의 소리 듣는
부활의 귀를 뜨거라
아이야

도시의 골목마다
어두운 가슴들이
사랑이 없음을 통탄하고
부활의 별은
무명지 조각처럼

인간의 옷 안에 숨어 있다.
아이야

살아 있는 눈
살아 있는 귀를 가지지 않으면
아무에게도 안겨지지 않는다.
안겨지는 것은 생명의 공간
무심히 지나치는 바람 한 점
그분의 소맷자락임을

부활을 보는
부활의 눈을 뜨는
아름다운 정점

지금 막 부활하신 예수가
우리의 등 뒤에 와 계심을 보아라
아이야.

가 을 언 약

지는 꽃도 무작정 말없이 지지는
않을지니
우리의 이별
오늘보다 더 뜨뜻한 세월 위한
언약하며
꽃이 지듯
맨몸으로 천 리 벼랑을 뛰어내린다.

지는 꽃의 아픔을
누가 알겠는가
그 절정의 달가운 도취에서
떠나가는 아 떠나가는
내 이별의
아픈 낙조

지는 꽃은
바람도 얄보아서

속수무책 멸망하는 갈 언덕에
또 한 번 잔인하게 지게 하느니

이 가을
내 이별한 두 손엔
황금을 쥐어도 비어만 간다.

광 야 에 게

오늘 나는 너의 벗으로 돌아왔다.

태풍에 휩쓸려 무너질 것 다 무너지고 서슬 푸르게 뻗어가던 욕망의 가지 다 꺾이고 부끄러울 곳도 가릴 것 없이 다 벗겨져 돌아왔다.

광야여 손 잡아다오.

오늘 나는 더 어두울 수 없는 어둠으로 더듬거리지 않고 돌아와 빈 들판으로 누운 너의 살이 되려 한다.

무너질 것 다 무너진 속살의 흐느낌 풀어 너의 발끝을 씻으며

너의 안에서 끝내 허물어지지 않는 집을 짓고 짓다 허문 나의 꿈을 바라보고자 한다.

내가 사모하던 꿈을 꿈의 먼 나라에서 바람에게 전해 들으며 광야의 큰 가슴으로 큰 귀로 땅에 엎디어 수 세기를 지나도록 전해 듣고자 한다.

나보다 먼저 돌아와

광야가 된 나의 영혼이여.

다만 하나의 빛깔로

백지에 동그라미 그리면

그 안에

내 세상이 있다

조금 비뚤어진 원 안에

비로소 선명하게 드러나는 그것은

하나의 빛깔로 움터오는

새싹인

아직 이름 없는 나의 세상

마흔 넘어도

두려움 없이 넓은 공간에 있을 수 없어

작은 동그라미 그리고 들어서면

아드디어

여린 뿌리를 내리고

다만 하나의 빛깔로 떠오르는

나의 세상

혼탁한 거미줄과
그 뒤의 안개를 거두어 내고
가파른 물길 같은
어둠을 헤엄쳐 온 발끝에
새벽 5시의 이슬이 터지는
순간에 접하는 나의 세상

살갗을 찢는 포만의 욕구
자생自生하여 날개를 젓던
앓던 것들을 가라앉히기 위해
전신으로 한 뼘씩 줄여
동그라미 그리면
동그라미 안에
한 점 점으로 찍히는
단호한 집중

아직 이름 없는 새싹인

자궁 속의 태아처럼

이제 분명한 성性으로 자리 잡는

나의 세상이 있다

중 년

가지런히
수저를 놓는다

가지런히
신발을 벗는다

그렇듯 정성스레
그대를 본다

꽃도 새도
구름도 바람도
지금은
진심으로 만나지 않으면

공손히
깊숙이
조심스레
껴안지 않으면 안 된다

커 피 를   마 시 며

견디고 싶을 때
커피를 마신다

남 보기에라도
수평을 지키게 보이려고

지금도 나는
다섯 번째
커피잔을 든다

실은
안으로
수평은커녕
몇 번의 붕괴가
살갗을 찢었지만

남 보이는 일도

무시할 수 없다고 해서

배가 아픈데

아픈데

깡소주를

들이켜는 심정으로

아니

사약처럼

커피를 마신다

겨 울   노 래

— 허 영 자   언 니 에 게

언니

사람들은 그것을 무지개라고 해요

일곱 가지 바람 일곱 가지 비 일곱 가지 절망 일곱 가
지 희망이라고 해요

그저 생각하는 것 바라보는 것 마음으로 느끼고만
있을 이 땅에선 잡을 수 없는 무지개라고 해요

일곱 가지 상처 일곱 가지 맹목 일곱 가지 실명 일곱
가지 죽음 일곱 가지 부활이라고 해요 언니

허지만 말이고 글이고 이야기라고 할 뿐 이 땅엔 없
다고 잠시 보였다 사라지는 무지개라고 해요

별에서 보면 사람도 빛날 것인데 사랑하면 별이 될
것인데 그런 건 싸악 없다고만 해요

이것은 진짜라고 무지개가 아니라고

저기 저기 있을 것이라고 있다고 우겨도 웃으려고
해요 안 믿으려 해요

내 마음도 따라서 웃어버리려고 해요 안 믿으려 한
때가 있어요 언니

그러나 언니는 아알죠

어딘가에 그윽이 그윽이 숨어 있을 새벽별같이 빛나는 사랑 죽어도 좋을 사랑 하나 있겠지요

저 산 너머 무지개 걸어 안고 성큼성큼 달려와 얼싸 안을 사랑 분명 있겠지요 언니

편 지

백지 한 장 보냅니다
열흘 밤 열흘 낮을
마주하던 백지
점 하나 찍지 못한
이 마음 보냅니다

백지가 아닌 막힘이 아닌
비어 있음이 아닌
모름이 아닌
백지

어디서나 누구나 흔히
볼 수 있게 열려 있지만
결코 열려 있지 않은
문

한 생애를 건 예술가의

투혼처럼
나를 녹여 들어부은
인고의 백자白瓷

모든 빛
가슴에 재우고
차라리 하얗게 숨어 숨 쉬는
설레는 언어

보냅니다
근접 못 할
신의 말씀이듯
충만한 백지

그대 병상에
두어 송이 백합이듯
이내 살 비치는
백지를 보냅니다.

겨 울 편 지

바람아
먼저 가 아뢰어라
내 편지는 아직 끝나지 않았다

더 깊은 겨울로 들어서면서
내 편지는 더욱 더디고
오늘 새벽
나는 또
첫 줄을 지웠다

내 겨울 전 식량을 주어
한 점 불씨 얻어서
내 연인의 겨우살이
어느 빈틈을 메꾸고도 싶다만

어디에서 찾아올 것이냐
그 마음에 고요히 내려

눈발같이

녹아 섞이는 언어를

비 가 悲歌

쓰레기 하차장이나
폐수 흐르는 하수도에서나
만날 것인가
이 봄 우리의 사랑
어느 곳에서도 싹터오지 않는다

어둠을 예고하는
예언의 불빛
저 노을은 그대를 찾기 전
스러져가고
비 내리는 저녁 일곱 시
신사동에서 버스를 탄다

광화문엔 서럽게 바람이 불고
지하도엔 그대 발자욱도 지워져 갔는데
찢어진 비닐우산처럼
찢어져 펄럭이는 우리들의 기억

봄비에 젖으며 떨고 있구나

꿈에서도 엇갈리는 꿈
꿈에서도 보듬지 못하는
우리 사랑
그대여
어느 길로 들어야 마주칠 것인가

부서지고 문드러진 가슴에서라도
자유의 이름으로 부둥켜안고
사랑의 이름으로 눈물 흘리자
어둠을 헤쳐 온 강인한 손으로
서로의 눈물을 닦아주면 되리라

별이 빛나는 밤
바람으로 바람으로 더듬어
그대 내 집 문 흔들어

괴로운 꿈에 허덕이는
허전한 두 손을 맞잡아주리니
아픈 이름 그대 눈물 나는 얼굴을
만나려고 잠을 잔다
적막한 잠을 잔다

그대여
나는 자꾸 작아지고 있다
우리의 저울대는
기울고 기울어
이제는 수평을 이룰 수는 없는 것인가
바로 볼 수 없는 나의 님이여

그대는 나의 예배
나의 범죄
나의 순리요 구속이므로
오늘도 고전주의적 의상을

호올로 깁는다

어둠이 내린
광화문에 서럽게 비가 내리고
불빛 찬란한 지하도를 건널 때
미움보다는 사랑이 필요했다
단절보다는 화해를 생각했다
우뚝 솟은 교보빌딩 불빛과 함께
출렁이며 다가오는 그대 얼굴
곳곳에 그대 얼굴

쓸쓸히 버스를 기다릴 때
아 어지러운 현기증 끊임없는 구역질
그대여
나는 태기胎氣가 있습니다
절망의 절망
어둠의 어둠

허무한 슬픔과 우리들의 비굴함이
외로운 자궁 속을 뛰어놉니다
우리의 어리석음 우리의 이기利己가
상상의 생명을 얻어
꿈틀대고 있습니다

너의 연인이 되기 위해 별 이름 하나를 더 왼다

네가 누군지 잘 모르지만
너의 연인이 되기 위해
오늘 나는 꽃 이름 하나를 더 왼다
달빛 잠기는 강을 바라보며 아름다운 시구를 욀 때
내 눈은 더 깊어지고 그만큼 세상을 더 안아 들이면
너는 성큼 내 앞에 다가서게 될까

네가 누군지 잘 모르지만
너의 연인이 되기 위해
오늘 나는 별 이름 하나를 더 왼다
바람 부는 숲에서 새소리를 들으며
내가 마음으로 노래를 부르면
내 발 앞에 꿈꾸는 낙원이 열리고
그만큼 평화로운 세상 안아 들이면
너는 성큼 내 앞에 다가서게 될까.

한 잔의 갈색 차가 되어

나는 작은 새여도 좋다
고운 목소리를 지닌 빛깔 고운 새
교태를 부리지 않아도 손에 쥐고 싶은
당신의 욕망을 흔들어놓은
안타까운 한 마리 작은 새여도 좋다
당신의 퇴근길에 처진 어깨 위에서
어디를 갈까 망설이는 당신의 방황을 풀어주는
나는 한 마리 새여도 좋을 것이다
나는 그런 새였으면 한다

나는 비였으면 한다
여름의 소낙비
겨울의 을씨년스러운 비는 내가 아닐 것이다
땅과 땅의 통로를 뚫어 스미고
마침내 사람의 마음까지 스며들어
자리를 잡는 사람처럼 설레는
나는 봄비이고자 한다

그 봄비는 당신의 창가에서
오랫동안 당신을 부를 것이다
그리고 점점 당신 가까이로 다가갈 것이다
그리고 당신은 다시 가슴에
바로 그 비가 내리고 있음을 발견하게 될 것이다

나는 한 잔의 차이고 싶다
음악을 듣는 당신 옆에서
따뜻한 한 잔의 갈색 차가 되어
당신의 입술을 당신의 휴식을 적시게 하는
향내가 좋은 차여도 좋을 것이다
차를 마신 다음 무심코 한 입 베어 무는
질 좋은 사과 한 쪽이 되어도 좋을 것이다

| 2부 | | 아가 雅歌 |

네가 눈뜨는 새벽에

네가 눈뜨는 새벽
숲은 밤새 품었던 새를 날려
내 이마에
빛을 물어다 놓는다
우리 꿈을 지키던
뜰에 나무들 바람과 속삭여
내 귀에 맑은 종소리 울리니
네가 눈뜨는 시각을 내가 안다
그리고 나에게 아침이 오지
어디서 우리가 잠들더라도
너는 내 꿈의 중심에
거리도 없이 다가와서
눈뜨는 새벽의 눈물겨움
다 어루만지니
모두 태양이 뜨기 전의 일이다

네가 잠들면

나의 천국은 꿈꾸는 풀로

드러눕고

푸른 초원에 내리는

어둠의 고른 숨결로

먼 데 짐승도 고요히 발걸음 죽이니

네가 잠드는 시각을 내가 안다

그리고 나에게 밤이 오지

어디서 우리가 잠들더라도

너는 내 하루의 끝에 와

심지를 내리고

내 꿈의 빗장을 먼저 열고 들어서니

나의 잠은

또 하나의 시작

모두 자정이 넘는 그 시각의 일이다

아 가 1

그대는 물 위를 걸어온다
나도 물 위를 걸어간다

우리가 물 위에 마주 섰을 때
하늘에서 한 줄기 빛이 내리고
천사의 음성이 들려왔다

이제야 너희는 만났다

그 순간
곳곳에서 기적이 일어나고
불시에 길고 긴 나의 지병이
씻은 듯 나았다

지금껏 비어 있던
나의 광주리에
서기瑞氣가 돌고

넘치게
바다를 담고도
흘릴 것 같지 않았다.

새벽에
그대는 이슬 안에 들고
이슬 속으로 나를 불러들인다
첫날 첫 햇살이 오는 길목에서
그대 이름 부르면
나는
어디에도 없는 문을 열고
이슬 안에 고이 들어서서
꿈꾸던 세상을 그곳에서 본다
세상보다 더 큰 세상
그곳에서 본다

아 가   1 9

하루분의 생명을 건네받고
오늘도 나는 하직 인사를 했다
벌써 몇 해짼가
날마다 나는 그대와 만나
하루분의 수명을 연장하고
내일을 언약하고 하직 인사를 한다
구름 위에 내일을 걸어 두고
잠이 들지만
그대 손으로 건네받지 않으면
나의 내일은 구름일 뿐

오늘 내 하루분의 생명은 건강하다.

나를 잃음으로
너를 얻는다

너를 얻음으로
나를 찾는다

그제서야
진실한 나를 가진다.

양주군 소흘면 소흘산에
어둠이 내리고
소흘소흘 숲에는 바람이 일었다
하늘에는 흐린 반달이
반쯤 얼굴을 가린 채 우리를 지켜보고
큰 산 하나가
우리 가슴에 와 녹아들었다
그대여
아무 말도 하지 말자

숲은 저들끼리 무슨 약속을 했을까
나무들이 공손히 머리 숙여
우리가 걷는 길을 비켜서고
소흘소흘 바람이 달빛을 감고
그림자 포개는 우리 목을 감아 왔다.
소흘산에 소흘소흘 분홍 물이 돌았다.

손끝이 타들어간다
그대와 헤어진 지
사흘
너무 긴 세월이 흘러갔다
바람마다 잡고 애원하며 묻노니
샅샅이 뒤지는 수소문 끝에도
잡히지 않는
그대 행방
너무 긴 세월이 흘러갔다
그대와 헤어진 지
사흘.

가자

우리들의 상처를 찾아서

우리들이 건너온 겨울

수시로 바람 불어 살 저리고

펑펑 눈물 쏟던

겨울 속의 상처를 만나기 위하여

그대와 나는

겨울 쪽으로 몸을 돌리자

사랑은

상처를 키우는 일

상처를 꽃피우는 일

상처를 나누는 일

그 고통의 기쁨을 찾기 위해

겨울로 가자

우리는 지금 사랑하고 있으니

깊이 그늘진 한恨의 옷고름 풀어도

꽃이 벙그니

그 꽃의 줄기를 따라

뿌리의 아픈 고통을 찾아가자

우리의 더운 가슴으로

고통을 껴안고

우리의 더운 손으로

상처의 상처를 쓰다듬기 위하여

가자 가자

나중엔 넋으로도

너울너울 뒤처지지 않고

나란히 나란히

손잡고 가자.

어둠이 내린다

가장 먼저 뜬 별에게
목례를 하면
그는 길고 긴 은빛
지팡이 하나 내려 주는데
그 지팡이는 내 마음
뼈 한 가닥 뽑아 온 것인지
가고 싶은 꿈길을 절로 이끌어주는데
아 그 길은 낯익은 길
꿈에도 환하게 열리던 길
그대의 꽃핀 뜰이
보이는 길.

그대가 꺾어 준 물오른 나뭇가지
비취비녀로 머리에 꽂고
타오르는 노을 한 자락 찢어
기명색 치마로 두르면
이 한순간 나는 황진이라
그대에게 밤이슬의 한 잔 술을
권하오니
동짓달의 긴 밤을 풀지는 못했으나
머무소서 오늘 이 밤을
내게 머무소서.

아 가 Ⅱ 5

강추위가 계속되는 어느 날
너의 미소를 만났다
이상도 하지
뿌리까지 얼어붙은 희망에
움이 트고
너는 내 곁이 되어
바람을 막고 서 있었다

강추위 아래로
봄이 흐르고
약속이 흐르고
꿈이 흘렀다
파룻 파룻
너는 내 언덕이 되었다

강추위는 여전히
내 문전에 기세를 떨치고 있었지만

나의 가슴엔
곁이 되고 언덕이 되는
너의 미소로

기나긴 겨울을 꽃씨로 터져서
기나긴 겨울을
그리운 달맞이꽃으로
뭉클하게 뭉클하게 피어 있었다.

사랑할 대로 다 사랑한 느낌이지만 아직도 너를 향한 걸음은 첫발의 떨림으로 설레고 사랑해야 할 땅의 넓이는 모두 미완의 신비로 남았나니

그대여
아무래도 우리 사랑은 신이 바다 하나를 이루듯 태산준령의 산을 이루듯 아름다운 나라 하나를 세우듯 무슨 그런 축복으로 내려주신 것이리라

세상 것을 다 들먹여도 비유될 것이 없고 세상 저 밖에도 이보다 더 영원한 것이 없나니
눈부시어라 다만 풀잎 앞에도 무릎 꿇어 절하고 검불 하나 앞에도 공손히 두 손을 모으나니.

밤 두 시
종이새를 접었다

손으로 접었지만
그것은 내 마음을
뚫고 나온 새

새를 바라보면서
나는
그 새가 날고 싶은 것을
알 수 있었다

사랑하는 마음을
뚫고 나온 새는
공간이 무섭지 않아서

빛 속에서

날개를 펴고
어둠 속에서도 비상하는
지혜를 익히니

고독한 시간에
더 사랑하는 마음을
배우게 된다

떨리는 손끝으로
날려보는
밤 두 시의 종이새.

사랑은
가시나무로 속옷을
해 입는 것인가요

겉으로는 보이지 않는데
왜 이리 아프지요
화려한 의상 안에서
왜 살이 찢기지요

상처와 상처가
고리를 이어
허리를 조여 오지요

그래도
입 다물고 끝끝내
견디어 내면서
그 아픈 속옷을

벗지 못하는

사랑의

가시 면류관.

사랑은
허망한 시

아무리
지어 불러도

증발해버리는
물방울의 시

껴안아도
스러지는
이슬의 시

운명에게 1

풀잎에 얹힌 이슬 안에
푸른 하늘이 들어와 있다

절대명령을
받들고 선
풀잎의 순종

그러나
꽉 차게 비집고 들어온
하늘을 감당하기에
이슬은 터지지 않으면
안 된다

바람이 불 때마다
조금씩
노오란 하늘이 흘러내렸다.

운명에게 2

너는
피를 먹고 산다

내가 기르는 희망과 꿈
날로 여위어가고
편안한 잠 한 뼘 평화도
마침내
기진해 쓰러지니

건강하다
운명이여

오늘은 뒷산 솔숲에 사는
내 사랑과 믿음도 들켜
무참히 깨어지나니

새로운 풍파

더 큰 환난을 즐기는
왕성한 식욕

언제나
으르렁거리며
내 피를 노리는
너는
야수

새를 보면서 1

하늘을 등에 지고
날아오는
새 한 마리

그의 목적은
하늘보다 큰 것이리

그 작은 가슴에도
따뜻한 피는 끓어

그래
목숨을 걸고라도
찾아야 할 것이
무엇이더냐

가는 두 다리로
허공을 저으며

하늘을 지고
바다를 건너온
그 집념의 탐색지

겨우
위태롭게 흔들리는
타향의 나뭇가지 위에
앉기 위해서
그렇게 외롭기 위해서.

새를 보면서 2

누가 너에게
〈새〉라고
이름을 불러주었을까

너에겐
긴 이름은
너무 무거워

바라만 봐도
지워질 듯
물방울처럼
증발할 듯
안쓰러운 새

누가 너에게
날개를 주었을까

사실

난다는 건

너무 경건해

진실하지 않으면

곧 떨어질 것 같은

그 아픈 철학이

눈물겨운 새.

잔 설 을 이 고 선 소 나 무

1
흰 동정을 반짝이며
푸른 누비 두루마기를
그대는 입고 있다.

때는 해 질 무렵
누가 눈물을 견디고 있나 보다
서녘 하늘에 핏기가 돌아
금시라도 불티 하나 떨어져 내릴 것 같구나

날마다 이맘때면
하늘에 걸리는
우리 넋의 환생을
침묵으로 만나고
아직도 뒤돌아보는
젊은 혼을 떨리는 손으로 돌려보낼 때
두 눈을 지키는 한 줌 불티를

가슴으로 비벼 끄며

그대는
노을 진 갈대밭을
느리게 걸어와서
무엇을 말하고 싶었을까
차라리
산 중턱에 시퍼렇게 의지를 세워
사철 변절 없이
하늘에 대고
이 땅의 청덕淸德을 외치는
나의 사람이여.

2
건너오지 마라
그대는 아직도 더 겨울에 남아
산허리에 울며 떠는

삭정이의 맺힌 설움 더 듣고

밤이 깊어지면서
몸이 모두 퍼런 날 되는
바람 더 부딪치고
이제 목이 쉬어 갈앉는
갈잎 잦아지는 울음
더 귀 기울이며
남아 있거라

툴툴 먼지 털고 봄이다 봄이다
도시의 양지바른 벽에
기대지 마라
봄은 아직도 오지 않았다
비닐하우스에서 옮겨 심은
꽃모종의 신작로에
그대 발자욱을 찍을 때는 아니니

103

폭설에 휘어진 허리 펴고
미련처럼 남은 잔설
부드럽게 들어 올리는
그대 두 팔에
한 시대의 쟁기를 걸어두리라

몇 발자욱 앞에
서럽게 울고 있는 혼들의 행렬
그 혼들이 못다 쓴 쟁기
그대 두 팔에 걸어주고 있으니
어디서 힘차게 달려와
새벽에 당도하는 말씀 하나
그대 푸른 누비 두루마기에
다시 누벼 새기고

그대 몸 하나가

이 땅의 봄을 갈 쟁기가 될 때까지
그대여
쓰라린 대로 겨울에 남아 있거라.

3
귀하다
흰 동정에 어리는
이 땅의 빛
솔기마다 뿜어나오는
이 땅의 시

그대 푸르른 누비 두루마기에
오늘은 무엇을 새겨 적나
외로운 넋의 한탄과
이 시대의 비속
통곡하는 바람 업어 달래며
역사의 증인으로 묵묵히 서

뿌리 뽑혀 훼절할 땐

차라리 목숨 버리는

그대는 한국인

나의 사람아.

꽃 피어도 좋으냐

철이 되면 피는 것이지, 묻고 물어서 언제 꽃 피었더냐?

아침이 와도 믿을 수 없어 이 세상 보고 똑똑 문을 두드리며 묻는 것이냐?

피어도 좋으냐, 피어도 좋으냐!

개나리 진달래 와와 소리치며 4월의 꽃들은 꿈속에서도 어깨를 흔들며 무리 지어 달려와 묻고 또 묻더니 환하게 피어오르는 5월 목단이 또 다그쳐 묻는구나. 피어도 좋으냐, 피어도 좋으냐, 정녕 눈 아픈 이 세상 대낮에 꽃 피어도 좋으냐?

줄줄이 장미는 가시넝쿨을 따라 피를 흘리며 개나리 진달래 피었다 죽어간 그 짧은 생애를 이어가지만 담벼락에 번지는 젊은 혼에 불길은 꽃으로 타오르며 묻고 있구나.

꽃 피어도 좋으냐, 꽃 피어도 좋으냐, 이 세상 대낮에 정녕 꽃 피어도 좋으냐?

산 나 리 꽃

돌을 품어도 꽃으로 필 듯
상기도 마음이 익어갈 무렵
"이것 봐!"
누군가 가리킨 꽃

가슴이 탁 막혀
숨이 멎었어
그 꽃을 꺾어
가슴에 꽂아주니
핑그르르 눈물만 전신에 돌았지

세월이 흘러도 말은 못 했네
오늘도 떨리는
절정의 순간을
저 홀로 가누는
산나리 나리꽃.

겨 울 아 리 랑

자정에도 너는 돌아오지 않았다

언 땅을 걸어서 걸어서

뉘 집 문전에 가 섰느냐

허울만 냉기 도는 안방에 눕혀놓고

날이 날마다 더 붉어 꽃피는

심장을 껴안고

한恨아

내 영혼아

한 번도 얻지 못하여

이 밤도 맨발로 헤매는

네 갈망의 이름이 무엇이냐

헐벗은 육신을 누인 자리에

무너져 내리는

황톳빛 살이 무겁구나

자정에도 문 닫지 못하고

너의 시린 방황을 함께 앓으며

시커멓게 어둠으로 뒤척이는

겨울 새벽

뉘 집 문전에 가 섰느냐

한아

내 영혼아

피 천 득

좁은 서울에서
더 몸이 크면
죄송하지

발자욱도 나지 않게
가볍게
고요히

넓은 세상에서
가질 것이라곤
고즈넉한 마음

빈 손을
빈 가슴에 얹고
누리는 명상

발소리 죽이며 찾아갈

향기 거기 있었네

왠지 그 앞에선
내 눈에
눈곱이 낀 것만 같애

오 그렇지
그를 위한 글은
설명도 상징도
줄이든가 차라리
비워 둠.

잎차 한 잔

이렇게 찾아왔구나

모진 운명을 견디며
어둠 속을 더듬어 살아낸
어느 여인의 모습으로

고요히 오늘 내 가슴에
향기로 깊이 안기는
의지

견디는 만큼
향기 넘치지요

늦은 밤
한 철학자의 인생론을
읽으며 드는
잎차 한 잔

이렇게 향기로 퍼지는

종말이기를—

편지 2

— 이 중 섭   화 가 께

가슴에는 천도복숭아

엉덩이에 사과가 익어가는

내 아이는

지금 향내로 가득합니다.

곧 연둣빛 싹도 살며시 돋고

계집아이 수줍음도 돋아나겠지만

내 아이는

더 자라지 않고

벌거벗은 채로 뛰어노는

당신의 아이들 속에

벌거벗은 채로

봄을 가지고 화평을 가지고

영원을 가지고 놀게 하고 싶습니다.

찢어진 은지 속에서도

아름다운 세상 만들며

순연한 부드러움

맑은 영혼 영혼으로—

공 중 전 화

공중전화를 보면
동전을 찾는다.

그냥 무심히
그 앞을 지나칠 수가 없다.

해가 진다.
어두워 오는 마음 안에
불을 켠 듯한 이름 하나 없을까.

사각의 공중전화부스 속에서
수첩을 뒤적이지만
가을 억새가 나부끼는
빈 들판에 나는 서 있고
이런 마음 들켜도 좋을
편안한 이름 하나 떠오르지 않는다.

공중전화를 보면

그래도

동전을 찾는다.

국수를 먹으며

황혼녘
변두리 음식점에서
혼자 국수를 먹는다.

먼 데서 온 사람처럼
낯선 음식점에서
뜨거운 국수를 먹으며
창문을 흔드는 바람 소리를 듣는다.

오늘같이 불쑥 걸어 나온
싱거운 내 발길에
국수장국 같은 간간한
맛이라도 배일 것인가.

국수 하나 먹는 일에
몸을 바치며 땀 흘리듯
그렇게 무용하게

땀 흘리며 살아온 날들이 많았다.

빈 박 속 같은 가슴에
비린 국물을 마시고
조금씩 어두워 가는
낯선 창밖을 내려다보는
내 인생은 얼마쯤 비린 것일까.

그러나 순결한 시간이여
헛헛한 어깨를 낮추고
해 저문 거리의 어둠을 밟는다.

죽도 에 서

1
파도가 달려온다.
뾰족구두를 신은 키 큰 여인이
달려오다가 쓰러졌다.
허연 허벅지가
햇살에 드러났다.
수치심도 없이
앞가슴도 풀어헤치고
다시 일어서서
달려오는 여인
애인을 놓친 것일까.

2
바다 쪽으로
발을 두고 잤다.
새벽에
발바닥이 화끈거렸다.

파도가 내 몸을 덮치고
갔을까.
온몸이 얼얼했다.

연 변 일 기   1

연길로 가는 기차는
30시간을 갔다

뒤돌아봐도 안 보이는
서울을
마음으로 다시 등 돌리며

온몸으로 빠져도 좋을
만주의 눈보라를 향해
가고 있었다.

항일정신 그 하나로
무작정 조국 떠나
서럽게 중국 땅 밟았던
조선의 조상과
나는 다르다

겨레나 민족이나 애국이 아닌
울분도 작별도 나만을 위한
어질머리 몸뚱어리 갖다 버리려

영하 30도
혹한의 바람 속
박살 나게 던지기 위해서

발끝이 아려오는 추위를 견디며
겨울로 겨울로 가고 있었다.

평택일기

— 아산만 바다

새벽 다섯 시
아산만을 달리다

120킬로 속도로
트럭 두어 대 추월하여
달려간 서해는

바람은 미쳐 있고
바다는 기억상실증을 앓고 있었다
삽교천을 지날 때
나는 분노를 터트렸어
아산만이여 그를 모르다니

서해의 일몰을 바라보며
함께 죽고 싶었던
황홀경 그 절정의 사랑을
가슴 터지게 갈채를 보내다

바다조차 절절 끓어 불바다가 되더니

아산만이여
호올로 찾아간 자에겐
회상조차 싸늘하구나

곧 태양이 떠오르리니 아산만이여
활활 타오르는 불꽃으로 깨어나라
몸을 던져 너를 껴안으며
그의 이름 부르면
잔모래로 갈앉은 황금의 추억이
연꽃인 양 피어나겠느냐

아산만이여
죽어 있는 아산만이여.

평 택 일 기

― 야 간 수 업

야간수업엔
가슴 저린 노을을 품고 들어간다
초겨울 저녁 6시.

낮 동안 직장에서
휘어진 골목길을 뛰었던
숨찬 가슴에
별 하나씩 달고
불빛 흐린 교실을 채운 학생들

문장론 책 앞에
아산만 바다가 와서 쓰러진다
삽교천 바람이 씻는 소리를 하고
책장을 넘기면

손을 비빕시다 교수가 손을 비비면
학생들이 마음을 비비면

무작정 영하로 떨어지는
초겨울 밤 추위는
난로처럼 달아올라
학생들은 저마다
가로등처럼 이마가 밝아진다.

창밖엔 이미 노을이 지고
아침 태양을 예감하는 어둠이 깊은데
교실 안은 자정이 되기 전
태양이 뜬다

등에 태양 하나 달고 나오는
야간수업엔
두드리지 않아도 울리는
징 하나 품고 나온다.

| 3부 | | 어머니는 | 흙으로도 | 말씀하신다 |

아 버 지 의   빛   1

1
아버지를 땅에 묻었다.
하늘이던 아버지가 땅이 되었다

땅은 나의 아버지

하산하는 길에
발이 오그라들었다

신발을 신고 땅을 밟는 일
발톱 저리게 황망하다

자갈에 부딪쳐도 피가 당긴다.

2
아버지는 다시 하늘이다.
뼈도 살도 녹아 땅 깊이 물로 스미면

속계에 없는 맑은 호수
거기 하늘 있으리니
하늘은 땅에 묻어도 하늘이니
우러르라
그 고뇌 고독 다 순하게 걸러
푸르고 시린 하늘빛으로
퍼져가리라
저기 저 하늘빛
아버지의 빛.

3
땅에 묻었지만
하늘에서 만나리

아버지의 피붙이 하나
겨울 가지에 걸려서
이 꼭 악물고

찬바람 이겨내면

아버지는 지는 해를 받아서
다음 날 하늘 위로 떠오른다.

아 버 지 의 빛 2

어느 날부터 내 둘레를
가득 메워 오는 그것은
연분홍 미소로 받아도 송구한
은은한 물빛
편안하여라
고향길 골목 어귀 아버지 든든한
등에서 바라본 일곱 살 적 하늘빛을
조금은 닮았다

지금은 서서히 흙이 되어 가는
아버지 육신의 마지막 소멸이
이렇듯 염려의 빛으로
딸 앞에 이르시는가

흙 속에 남은
한 가닥 뼈가 발하는
헌신의 불꽃

지상의 마지막 말씀으로 이르는
육친의 빛

아 버 지 의   빛   3

어느 날 문득
한 발도 뗄 수 없는
위기 그 순간

아버지
맨발로 내 앞을 대신 걸어가신다
낭자한 사금파리
모조리 두 맨발로 쓸으시니
앞이 깨끗하다

한 방울의 피마저
자신의 몸속으로 거둬들이는
그 흔적 없음

아버지 지나가신
저 순백의 길
저 지극 혼신의 빛

임 종 앞 에 서

아버지가 숨을 거두었다.
그 순간 내 말과 언어도 죽었다
워워어어 짐승의 비명만 흘러나왔다
아버지의 죽음을 바라만 보고 있는 자는
짐승이 되는가
화살을 맞은 짐승처럼 펄펄
뛰기만 할 때
세상이 기우뚱했다
짐승의 소리로 아버지의 마지막을
장식하는 나는 한 마리 돼지

신생아 손톱만큼 남은 아버지 시신의 온기를
온몸으로 긁어모으며
아버지! 아버지!
아득히 멀어지는 온기의 끝을
대롱대롱 매달리고 있었다.
이렇듯 높은 벼랑이 있는가

열 손가락이 닿아도 따를 수 없는

그 온기……

침묵으로 굳은 아득한 빙판에서

아버지의 식은 가슴에 얼굴을 묻은 채

속수무책 우리는 헤어지고 있었다.

손톱

한 번쯤은 할퀴어서 앙칼진 여자의
성깔머리 보여주고 싶었다.

가라 가라 몸 안에서 떠밀려
드디어 손끝에 다다라
세상 앞에 드러난
세상을 향한 나의 저항

그러나 체질적으로
저항은 조금만 길어도 불편해
가위를 들여대 잘라버린다.

그것도 잘 다듬으면
날카로운 펜촉으로 도약
몸 안에 오래 고인 진한 울화 배어나
이 세상 어느 벽보판에 붉은 글씨 하나
남길 수 있거나

중심 없이 흔들리는 세상을 겨냥한
화살촉으로 키워도 좋으련만
시원하게 입 한 번 떼지 못하고
묵묵히 고요히 목이 잘린다.

콕 찍어 피 한 번 내지 못하고
으윽 하고 소리 한 번 치지 못한 채
유순한 침묵으로 굳어 잘리고 마는

그러나 미지의 세상을 향해
멈추지 않고 자라나는
여자의 숨은 반란.

눈썹 달

어느 한 많은 여자의 눈썹 하나

다시 무슨 일로 흰 기러기로 떠오르나

육신은 허물어져 물로 흘러

어느 뿌리로 스며들어 완연히 흔적 없을 때

일생 눈물 가깝던 눈썹 하나

영영 썩지 못하고 저렇듯 날카롭게

겨울 하늘에 걸리는가

서릿발 묻은 장도粧刀 같구나

한이 진하면 죽음을 넘어

눈썹 하나로도 세상을 내려다보며

그 누구도 못 풀 물음표 하나를

하늘 높이에서 떨구고 마는

내 어머니 짜디짠 눈물 그림자.

여자의 사막

주저앉지 마라 주저앉지 마라
저기 저 사막 끝
푸른 목소리가 있으리니
왼손이 오른손에게
오른손이 왼손에게
타이르고 다시 타이르는
마지막 한순간의 절대 의지

발가락이 타들어가는
죽음의 전선을 건너
오직 닿아야 할 곳은
그대 두 손이 잡히는 곳

떠나지 마라 떠나지 마라
내 몸의 절반이 모랫벌에 묻힌들
그대 앞에 당도하는
이 생명은 꺼지지 않아.

고 속 도 로
― 출 근 길

새벽달 사위어가는 소리
목에 감은 채
시동 건다.

아직 깨어나지 않은
땅 놀라는 소리 속으로
새벽안개를 가르며
달린다. 무슨 경각에 달린
목숨을 구하기나 하듯
까무러칠 듯 달리는 고속도로

저기 저 창밖의 나무 새벽 어둠을
둘러쓰고도 나 가는 것 알아본다.
한 마디 말 나눈 적 없는 반쯤
죽은 나무들 문득 손잡고 싶은 맘
눌러 더 속도 낸다

점점 다가오는 공포
중단할 수 없는 속도의 두려움
오산을 휘돌아 지나 다음은 내리막길
쏟아질 듯한 가속의 순간에
내가 잡고 있는 건 검은 핸들뿐이다.

서서히 여명의 빛이
안식처럼 도로에 깔리면
아침은 밤이슬을 털고
주섬주섬 빛을 향해 제자리를 찾지만
어깨가 서늘한 여자는
표지판에도 없는 지명을 따라
마음은 더 고속으로 달린다.

어디를 가나 아무리 가도 닿지 않는 곳
벌써 몇 해쩬가.
길 묻는 목소리 하나로

길 위에서 바람과 섞이고 있다.

누가 서보라고 말하는 이 없는
텅텅 빈 골다공증의 새벽 고속도로
150킬로의 위급한 의문부호로 달리는
여자 하나 지금도 가고 있다.

고 속 도 로

— 퇴 근 길

혼자 간다

150킬로 속도로 달리는

차창 밖은 어둠

서울에서 평택

평택에서 서울

세상의 길은 오직 이것뿐이다

오직 이것뿐인

검은 사막.

어디 잿불 같은 안식 기다리고 있어

위험을 가르고 야밤의 고속도로를 달려가나

〈소통 원활〉

문자판을 보고 달려가지만 야밤엔

길보다 마음이 더 막힌다

어디 다정히 머무를 곳이 있는 사람은
마음에도 고속도로가 있을까

나는 잠시 갓길에 차를 세우고
검은 사막의 샘물 같은
별 하나에
치미는 노숙의 갈망을 풀어놓는다

〈도로에서 잠들까 보다〉

앗! 그때
요란한 견인차의 소리소리
갓길의 노상 안식도 부상당한다

비명에 시달리는 도로에 쫓겨
서서히 움직이는 여자 쉰의
야밤 귀갓길
귀갓길의 방향이 어둠에 묻히고 있다.

고 속 도 로

— 아 버 지

겨울 한기를 뚫고
달리는 고속도로

뼈만 으스스 움츠려 떠는
앙상한 나무들 보인다

아직도 식힐 게 있을 것도 아닌데
찬바람을 맨몸으로 부딪치며
고개를 두리번대는 꿩한 눈

가랑잎 두엇으로
사타구니를 가리고 있는
먼지 쓴 등 굽은 나무 하나 가까이 온다

나는 급브레이크를 밟으며
아버지!
구순으로 넘어가는 나이에

어두운 골방 홀로
다리 긁으며
죽음의 끈을 당기며 사는
쓰레기 봉지보다 가볍고 싼
아버지가 거기 있다.

나머지 생을 이기기에
하루는 손잡이도 없이
너무 길어

겨울 고속도로변에 나와
말동무를 찾는가
고속도로
그 마지막 길을 쓸려 가고 싶었을까.

분 만 실 에 서

우주의 양쪽 끝을 잡고
마지막 힘을 주는
딸의 앙다문 이빨에는
내 수명의 절반쯤 물려 있었다.

힘을 줘! 힘을 줘!
머리칼을 쥐어짜는
초긴장의 저녁 8시
으앙! 하고 세상을 여는
새 생명의 굳건한 소리

그때
별안간 내 안에서 양수가 터지면서
생명 하나가 꿈틀거렸다
여자가 된 딸이여 눈감아다오
나는 사타구니를 비집고 나오는
익명의 핏덩이를
내 손으로 황급히 받고 있었다.

늙음에 대하여

그를 애타게 기다린 적이 있었다.
스무 살 때는 열 손가락 활활 타는 불꽃 때문에
임종에 가까운 그를 기다렸고
내 나이 농익은 삼십 대에는
생살을 좍 찢는 고통 때문에
나는 마술처럼 하얗게 늙고 싶었다.

욕망의 잔고는 모두 반납하라
하늘의 벽력같은 명령이 떨어지면
네 네 엎드리며
있는 피는 모조리 짜주고 싶었다

피의 속성은 뜨거운 것인지
그 캄캄한 세월 속에도
실수로 흘린 내 피는 놀랍도록 붉었었다

나의 정열을 소각하라 전소하라

말끔히 잿가루도 씻어 내려라
미루지 마라

나의 항의 나의 절규는
전달이 늦었다
20년 내내 전갈을 보냈으나
이제 겨우 떠났다는 소식이 당도했다

이제 마음을 바꾸려는
그즈음에……

너 그거 아니?

오직

너의 등을 비추기 위해

밤하늘에 별 하나 떠 있었는 걸 아니?

세상 모두가

너의 등 하나로 축소되는

그 순간

흰 도라지꽃 하나

신의 등불처럼 너의 등에

피어나고 있었는 걸 아니?

내 인생의 짐을 모두 내려놓고

하마터면 목숨까지 지우면서

가볍게 네 등에 업혀

나는 눈을 감은 채

세상의 가장 높은 곳을 보았다.

참으로 오래 찾아 헤맨
비밀부호로 숨어 있었던
황홀한 평화
그거 아니?

거친 바다를 늠름히 건너온
너의 사막이 내 가슴 앞에
꽃길처럼 열려
너의 등에 얼굴을 묻는 순간
순간 그 순간이
내 신생의 탄생임을 너 아니?

등 잔

인사동 상가에서 싼값에 들였던
백자 등잔 하나
근 십 년 넘게 내 집 귀퉁이에
허옇게 잊혀 있었다.
어느 날 눈 마주쳐 고요히 들여다보니
아직은 살이 뽀얗게 도톰한 몸이
꺼멓게 죽은 심지를 물고 있는 것이
왠지 미안하고 안쓰러워
다시 보고 다시 보다가
기름 한 줌 흘리고 불을 켜 보니

처음엔 당혹한 듯 눈을 가리다가
이내
발끝까지 저린 황홀한 불빛

아 불을 당기면
불이 켜지는
아직은 여자인 그 몸.

조 국

조금만 나가면 볼 수 있다.

국토의 어느 강줄기

차창으로 떠오르는

죽은 물고기 떼를 보면

저 이름 모를 강이

내 어깻죽지처럼 아프구나

재앙은 이제

물밑에 숨어 있지 않고

무심하고 게으른 시선에도

뚜렷하게 잡힌다.

조금만 더 나가면 볼 수 있다

숨어 있는 순결한 땅의

숨을 막는

산업 배설물의 화려한 쓰레기들

거기 우리 함께 건너왔거늘

드디어 발등에 떨어진 IMF라는 것이

뼈가 흐렁흐렁 울리는

생인손 앓는 것 같음을 알겠구나

심장 속까지 곪는 것 같은……

성 모 님 의   집

이스탄불에서도 하루를 달려
에베소에 닿다. 그곳에서도 더 높은 언덕
아름다운 은혜의 땅에 오르면 거기
성모님의 집
오롯이 미소 띠며 서 있다.
떨렸지. 마음의 신발 벗어 들고 나직히
몸 숙여 들어간 집 피 흘린 아들
더 높은 곳으로 떠나신 후
이곳에 살다 떠나신 집
승천의 바람이 남아 있는 집
떨렸지. 마음의 마음도 벗어 들고서
한 발 한 발 서서히 다가갔을 때
아 따뜻한 향기⋯⋯
보았어. 어머니 가장 인자하신 모습
익숙해서 한 걸음에 안길 듯한 모습
거짓말 모두 사라지고 나 그 순간 가장
정직해져 어머니! 어머니!

나는 죄인이오니 절 버리지 마소서
에베소를 떠나 터키를 떠나
마음의 신발도 마음의 마음도 주워 들고
떠나오니 이 나라까지 그 체온 은근히
따라와 내 집에 그대로 계시니.

불 행

내던지지 마라

박살난다

잘 주무르면

그것도 옥이 되리니.

어 머 니 의   땅

대지진이었다
지반이 쩌억 금이 가고
세상이 크게 휘청거렸다
그 순간
하느님은 사람 중에 가장
힘센 한 사람을
저 지하 층 층 아래에서
땅을 받쳐들게 하였다
어머니였다
수억 천 년 어머니의 아들과 딸이
그 땅을 밟고 살고 있다

순 교 자

그 곧은 정신
나라 위해 만세를 불렀으면
유관순이 되었을
그 타는 열정
시에 바쳤으면
황진이가 되었을
식구를 위한 밥 한 솥에
목숨을 건
그 평범한 순교는
아무 곳에도 이름자가 없다
어머니 우리나라 어머니

어 머 니 와 　 복 숭 아

　불을 끄고 어머니는 딸들을 주욱 앉혀 놓고 연분홍
빛 달을 하나씩 따 주었습니다

　아슬하게 달빛이 밴 복숭아는 중학생인 내 젖가슴
만 한 상기도 수줍음이 흐르는 것이었는데 하나 둘 셋 어
머니는 열 안으로 눈감고 그 설레는 사랑 하나를 다 먹으
라는 것이었습니다

　오올치 예뻐지것다 우리 딸들. 불을 켜니 어머니는
딸들보다 먼저 달 같은 웃음으로 환하게 예뻐지셨는데

　〈복숭아 벌레를 먹으면 예뻐지지……〉

　딸들이 데굴데굴 서로 간질이며 훼엑훼엑 달을 뱉
으면 별이 하나 떴습니다 다시 별이 떴습니다

　별들이 우리 앞에 아스락 아스락 기어 다녔습니다

　웃음 속 뒹구는 자연 안에서는 상한 것도 꽃이었습
니다

낙 엽 송

가지 끝에서 떨어졌지만
저것들은
나무의 내장들이다

어머니의 손끝을 거쳐
어머니의 가슴을 훑어 간
딸들의 저 인생 좀 봐

어머니가 푹푹 끓이던
속 터진
내장들이다

어머니의 글씨

일생 단 한 번

내게 주신 편지 한 장

삐뚤삐뚤한 글씨로

삐뚤삐뚤 살지 말라고

삐뚤삐뚤한 못으로

내 가슴을 박으셨다

이미 삐뚤삐뚤한 길로

들어선

이 딸의

삐뚤삐뚤한 인생을

어머니

제 죽음으로나 지울 수 있을까요

어머니는 흙으로도 말씀하신다

남쪽 햇살 바른 곳으로 가면
거기가 어딘들 어머니가 계십니다
북쪽 꽝꽝 언 음지쪽
거기가 어딘들 어머니가 계십니다

가는 곳마다 땅이 먼저 팔을 벌리고
흙들은 땅의 열매인 듯
일제히 말문을 열고
사랑의 말씀을 전합니다

〈나를 딛고 일어서라〉

어머니는 흙으로도 말씀하신다

어머니의 눈썹

─아, 어머니 3

단정히 머리 빗고 비녀를 꽂고
어머니는 눈썹을 그렸습니다
앞가르마 아래로
두 마리 기러기가
애처롭게 날아올랐습니다
날고 싶은 엄마 맘을
눈썹 달에 실어 날렸습니다

침묵피정 1

영하 20도
오대산 입구에서 월정사까지는
소리가 없다
바람은 아예 성대를 잘랐다
계곡 옆 억새들 꼿꼿이 선 채
단호히 얼어 무겁다
들수록 좁아지는 길도
더 단단히 고체가 되어
입 다물다
천 년 넘은 수도원 같다
나는 오대산 국립공원 팻말 앞에
말과 소리를 벗어놓고 걸었다
한 걸음에 벗고
두 걸음에 다시 벗었을 때
드디어 자신보다 큰 결의 하나
시선 주는 쪽으로 스며 섞인다
무슨 저리도 지독한 맹세를 하는지

산도 물도 계곡도 절간도
꽝꽝 열 손가락 깍지를 끼고 있다
나도 이젠 저런 섬뜩한 고립에
손 얹을 때가 되었다
날 저물고 오대산의 고요가
섬광처럼 번뜩이며 깊어지고
깊을수록 스르르 안이 넓다
경배드리고 싶다

조 오 현

낙승落僧이라 하시었습니까

네네 낙승이십니다

떨어지지 않은 승이 승이겠습니까

온전하게 자신을 보좌한 승이 승이겠습니까

네네 낙승이십니다

설악산 정상에서 몸을 날려 조각 조각이 난 그 정신이
다시 구름 위로 몸을 날려 조각이 다시 가루로 박살 난 그
미세한 혼의 살점으로

부실한 인간들의 틈을 메워 주었습니다

네네 낙승이십니다

낙승이 곧 비승飛僧이 아니고 무엇입니까

겨울나무 속으로

바람 불 때 보인다
몇백 개의 십자가 엉켜 펄럭이는
겨울나무
앙상한 가지들 맨몸으로
강풍 속에 뼈 부러지도록 흔들리는
극기 지나고 나면
건널 강을 모두 건넜는지
나무 한 그루 마치 교회 같다
바람 잠자고
십자가 하나로 몸 줄인 묵상의 집
나는 강한 손짓에 이끌려
가볍게 교회 안으로 들어선다
아하 겨울 마른나무 속이
사람을 눕히고도 그만큼 다시 넓다
생명은 안으로 다 통해 있어서
아래로 내려가면 봄을 안고 있는
따뜻한 뿌리 가늘고 여리지만 톡톡 튀는

생기 있는 말씀들

영하의 강풍을 이기느라 말 없었구나

겨울나무는 지금 미사 중이다

생 명 의   집

내 몸속에 아직 절개되지 않은
숨은 우주 하나
생명이 자라지 못하는
폐가로 문 닫은 지 오래
은총의 껍데기로 말문 닫은 지도 오래
너무 고요해 내 몸속에 있는지
배꼽 주변을 손으로 더듬어본다

숨결 들리지 않는
무인도의 둥지로 밀려나
아무도 찾지 않는 인적 없는 집
내 배는 너무 낮고 기억력도 희미하다

그러나
자궁은 이제 궁궐은 아니지만
결코 양보할 수 없는 그 자리에
늠름히 있어

옛 추억이나 더듬는 과거는 아니다

먼지 같은 남자의 시한부 씨앗 하나를

생명으로 키운 나는 창조주

지금 어둠 속에 고요히 어둠으로 접혀 있지만

그 명예는 아름답다

너무 오래 불러주지 않아

대답을 잃어버린

몸 중에 가장 눈부신

오오 눈부신…….

여 보! 비 가   와 요

아침에 창을 열었다

여보! 비가 와요

무심히 빗줄기를 보며 던지던

가벼운 말들이 그립다

오늘은 하늘이 너무 고와요

혼잣말 같은 혼잣말이 아닌

그저 그렇고

아무렇지도 않고 예쁠 것도 없는*

사소한 일상용어들을 안아 볼을 대고 싶다

너무 거칠었던 격분

너무 뜨거웠던 적의

우리들 가슴을 누르던 바위 같은

무겁고 치열한 싸움은

녹아 사라지고

가슴을 울렁거리며

입이 근질근질 하고 싶은 말은

작고 하찮은

날씨 이야기 식탁 위의 이야기

국이 싱거워요?

밥 더 줘요?

뭐 그런 이야기

발끝에서 타고 올라와

가슴 안에서 쾅 하고 울려오는

삶 속의 돌다리 같은 소중한 말

안고 비비고 입술 대고 싶은

시시하고 말도 아닌 그 말들에게

나보다 먼저 아침밥 한 숟가락 떠먹이고 싶다

* 정지용의 시 「향수」에서 인용함

천 수 천 안 보 살

한 개의 손만 더 있으면 좋았지
두 개의 손으로는 그 짐을 다 들 수가 없었어
몸이 덥고 아직은 여리고 곱던
서른다섯의 나이에
이미 두 개의 손이 다 닳아
조막손이 되고
나는 내 조막손을 만든 운명에게
무릎 꿇고 빌었지
내 조막손이 싹이 돋아
세 개의 손을 네 개의 손을 열 개의 손을
틔워주기만 하라고
그러면 다시 조막손이 될 때까지
내 발밑의 뿌리처럼 엉긴
못난 인연들을 위해 닳도록
문지르며 가루가 되겠노라고

아 그 시절 직지사 대웅전에서

만난 괴이한 보살 하나

눈이 천 개가 달린 천 개의 손을 가진

그 보살은 이글이글 천 개의 태양으로

내 가슴에 떠올랐지

눈을 떠봐!

가슴으로 눈을 뜨면 천 개의 손이 몸에서 솟아나고

천 개의 손에서 천 개의 눈이

맑고 빛나게 열려

다 닳은 몸에

광대한 숲 하나 들어와 앉았지

앉은뱅이 재기再起가

꿈틀꿈틀 조막손에

푸른 물결로 출렁이고 있었지

산 도적을 찾아서

시름시름 앓는 나를 보고
문정희 시인이
신 선생 약은 딱 하나
산 도적 같은 놈이
확 덮쳐 안아주는 일이라고 한다
그래 그것 좋지
나는 산 도적을 찾아
내일은 광화문을 압구정동을
눈웃음을 치며 어슬렁거려 봐야지
그러나 문 시인
높은 빌딩의 엘리베이터나
지하실에서 만나는
기린 목의 얼굴 하얀 사내들 속에
산 도적이 남아 있는지 몰라
집단속은 꼼꼼히 챙기고
밖에서는 아무도 몰래
어쩌구저쩌구하고 싶은

속 다르고 겉 다른 남자들 속에
그래도 어딘가 산 도적이 숨어 있을까
새 천년의 밀림 속에
야성의 으르렁거리는 불빛을 켜고
주저앉으려는 내 몸을 번쩍 들고
이 시대의 강을 건너고
이 시대의 태산을 화살처럼
오르는 산 도적을
어디서 만날지 나는 몰라
지나가는 부자들의 주머니를 털거나
자신의 단추 하나 뜯어
내 곳간을 채워주지는 않더라도
우직하고 강직한 진실 하나는
피보다 붉은 몸도 마음도
힘이 쎈 산 도적 어디 있을지 몰라

향 일 암

하늘과 바다가 한마음으로 손잡고
우아악 힘껏 떠밀어
절벽 위에 올려놓은 절
향일암
여수시 돌산읍 윤림리
돌산 꼭두머리
날마다 떠오르는 해와 마주 보며
바위 절벽에 붙어
빠끔히 문 열어놓은
산 조가비 같은 대웅전
막 떠오르는 해가 날마다 부처님 앞에
먼저 문안드리면
부처님은 종일 무릎 꿇는 자들에게
한 주먹씩 해를 나누어주는
망망한 바다 앞의 자비
주머니가 큰 사람이
달랑 집어넣고 싶은

돌산 핸드폰 고리 같은 대웅전은

아직도 새벽마다 뜨는 해를

아침 공양 전에 받고 계시다

바다가 떠받고

하늘이 두 팔로 아우르는

절묘한 향일암의

청량한 바람 소리가 남해를 다 먹이고도

넉넉하다

헌 화 가

사랑하느냐고
한마디 던져놓고
천 길 벼랑을 기어오른다
오르면 오를수록
높아지는
아스라한 절벽 그 끝에
너의 응답이 숨어 핀다는
꽃
그 황홀을 찾아
목숨을 주어야
손이 닿는다는
도도한 성역
나 오로지 번뜩이는
소멸의 집중으로
다가가려 하네
육신을 풀어 풀어
한 올 회오리로 솟아올라

하늘도 아찔하여 눈 감아버리는

깜깜한 순간

나 시퍼렇게 살아나는

눈 맞춤으로

그 꽃을 꺾어드린다

우리들의 집

물수제비를 뜨는

그대의 몸놀림을 눈썹달이 지키고 있었다

돌을 가볍게 쥐고

휘익 팔을 휘두르며

몸을 낮추는 그 공간 속에

따스한 집 한 채가 보였다

휘어진 눈썹달의 그 안쪽에 어리는 평화

그때 막 퍼져오는 강가의 어둠이

푸르게 아름다웠고

쉽게 잠들 것 같은 포근한

그 허공 속에 뚜렷이 보이는 집

좀더 멀리 좀더 멀리

그대는 다시 휘이익

크게 팔로 원을 그리며

집을 지을 때

나는 작은 돌 하나가 별이 되어

물 위를 구르는 것을 보았다

우리들의 집

별이 가슴에 품어 보이지 않는 집

사랑스럽지만 순간 사라지는 집

그대여!

나는 지금 광풍처럼 달려가

그 집 앞에 신발을 벗고 싶다

24시간 편의점 1

영동대교를 지나 동부간선도로를 거쳐
내부순환도로를 밀고 들어가면
서울의 이마 광화문 네거리에 그대가 보인다
중심에선 언제나 그대가 느껴져

중심의 중심 광화문 지하도 층계
교보문고 발등을 밟고 내려가면
발끝이 저릿하게 당겨지는
그대 이름 책 한 권 들고 솟아오른다

그대 영혼의 내부순환도로
그 깊은 곳을 더듬어 가노라면
온몸 서서히 촉수 밝아져
나 뜨거워라
24시간 문 열어두었다

그 리 움

내 몸에 마지막 피 한 방울
마음의 여백까지 있는 대로
휘몰아 너에게로 마구잡이로
쏟아져 흘러가는
이 난감한
생명 이동

아리수* 사랑

푸르른 살결 위에
푸르른 하늘이 와 덮었다
아침마다 푸르른 강이 태어나고
천 년 생명의 메아리가 울었다

기우는 해도 달도 몸에 품었다
역사의 환난도 몸에 담았다
아리수여 아 아리수여
다시
새 천년을 잉태하는 푸르른 여자

* 삼국시대 초기 한강의 명칭

190

아! 거창

세상에서 가장 아름다운 나무
세상에서 가장 아름다운 하늘
세상에서 가장 아름다운 꽃을
세상에서 가장 처음으로 바라본
땅을 아시는지요

어머니 아버지 언니 오빠
집 가족 이웃 학교 별
친구라는 말을 처음 배운 곳을 아시는지요

사랑이라는 말을
꿈이라는 말을
마음이라는 말을 처음 고백한 곳
그곳은
세상에서 가장 맑은 바람 불고
세상에서 가장 밝은 웃음 넘치는 곳
언제나

세상에서 가장 따뜻한 손이 기다리는

또 하나의 어머니

아! 거창

빈 들

추수 끝나고 겨울로 접어드는
빈 들이여
정 깊은 산하여
아 아직 정면으로 보지 못한
나의 등을 여기서 본다

울고 보채는 저녁 바람
흔들흔들 업어 달래고
뼛속까지 발 뻗어오는
새벽 한기
다독다독 업어 재우던
이제는 까끌까끌
마른 뼈가 잡히는
왠지 서늘한 내 등이여

그러나 흙이 따뜻한 저 빈 들을 보아라
한 여자의 한평생 설움은

다 받아주지 못해도
그 설움을 반으로 자른 것이야
지금도 거뜬히
업어줄 것 같기만 보인다

더러 무표정한 안개 무리와
귓부리만 얼얼한 바람만
가끔 몸 비비고 떠나가는
안아주고 싶은 그러나 안아줄 수 없는
나의 빈 등을 여기서 만난다

| 4부 | | 저 | 허공도 | 밥이다 |

소

사나운 소 한 마리 몰고
여기까지 왔다
소몰이 끈이 너덜너덜 닳았다
골짝마다 난장 쳤다
손목 휘어지도록 잡아끌고 왔다
뿔이 허공을 치받을 때마다
뼈가 패었다
마음의 뿌리가 잘린 채 다 드러났다
징그럽게 뒤틀리고 꼬였다
생을 패대기쳤다
세월이 소의 귀싸대기를 때려 부렸나
쭈그러진 살 늘어뜨린 채 주저앉았다 넝마 같다
핏발 가신 눈 끔벅이며 이제사 졸리는가
쉿!
잠들라 운명.

저 거리의 암자

어둠 깊어 가는 수서역 부근에는
트럭 한 대분의 하루 노동을 벗기 위해
포장마차에 몸을 싣는 사람들이 있습니다
주인과 손님이 함께
야간 여행을 떠납니다
밤에서 밤까지 주황색 마차는
잡다한 번뇌를 싣고 내리고
구슬픈 노래를 잔마다 채우고
빗된 농담도 잔으로 나누기도 합니다
속풀이 국물이 짜글짜글 냄비에서 끓고 있습니다
거리의 어둠이 짙을수록
진탕으로 울화가 짙은 사내들이
해고된 직장을 마시고 단칸방의 갈증을 마십니다
젓가락으로 집던 산낙지가 꿈틀 상 위에 떨어져
온몸으로 문자를 쓰지만 아무도 읽어 내지 못합니다
답답한 것이 산낙지뿐입니까
어쩌다 생의 절반을 속임수에 팔아 버린 여자도

서울을 통째로 마시다가 속이 뒤집혀 욕을 게워 냅니다

비워진 소주병이 놓인 플라스틱 작은 상이 휘청거립니다

마음도 다리도 휘청거리는 밤거리에서

조금씩 비워지는

잘 익은 감빛 포장마차는 한 채의 묵묵한 암자입니다

새벽이 오면

포장마차 주인은 밤새 지은 암자를 거둬 냅니다

손님이나 주인 모두 하룻밤의 수행이 끝났습니다

잠을 설치며 속을 졸이던 대모산의 조바심도

가라앉기 시작합니다

거리의 암자를 가슴으로 옮기는 데

속을 쓸어내리는 하룻밤이 걸렸습니다

금강경 한 페이지가 겨우 넘어갑니다

여 명

날이 밝아 온다

어둠이 어둠에게 무슨 전갈을 하는지

어둠이 몸을 엷게 펴면서 가볍게 떠날 준비를 하고

있다

저 어둠의 속살은 산을 오르기 위한 제의인가

바라보면 점점 사라지는 옷자락이 허공을 닦으며

가고 있다

그저 눈뜨면 오는 것이라고 믿었던

새벽을 데려오는 일에

몸을 구부리는 예불이 삼천 배로 지나갔다

어디서인가 광대한 빛을 들어 올리는 소리 들린다

어둠들이 몇천 개의 강을 건너며

빛을 들어 올리는 무리들의 뒤에서 힘을 보태고 있

는 것이다

어둠이 빛을 밀어 올리는 순간

어둠의 몸체 안에서 터지는 소리와

세상의 잎들이 어둠을 내려놓는 소리들이
종이 되어 먼 곳까지 새벽을 마중 나가고 있다
아버지가 이른 새벽 집 둘레를 한 바퀴 서서히 돌면
집 둘레에 환하게 해가 떠오르듯
어둠들의 행렬은 거대한 빛을 들어 올리는 작업 중
이다

어둠은 빛에 밀려간 것이 아니라 빛을 밀어 올리느라
그렇게 바삐 사라진 것이다
사라진 어둠은 새벽의 옷을 걸치고 대문 안을 들어
서고 있다.

저   허 공 도   밥 이 다

겨울 강물 속을 콕콕 찍어

먹이를 삼키는 오리들

그 옆 들판 마른 풀숲에서는

이른 봄을 꼭꼭 찍어 먹는 새 떼들

그 아래 구멍 뚫린 흙 속에서는

밥 짓는 개미들이 분주하다

낮은 산야를 휘돌아

나무 둥지 새끼들의 입속으로 돌진하는

어미 새의 입에는

따뜻한 들판 한 가닥 물려 있지만

수북한 밥상이 통으로 끌려간다

어디 밝음 속에서만이랴

어디서나 고봉으로 늘려 있는 어둠을

쪼아 먹는 새 떼들 있어

드디어 새벽빛이 흐른다

배고픈 솟대들이여!

저 허공도 밥이다

하늘 아래선 배곯지 마라

바위 틈새 어린 풀씨 하나도 어제보다 더 자라 있다.

물 집

손끝에 발가락 끝에 물집이 생겼다
누가 지었을까
세상에 이런 위태로운 자리에
세상에서 제일 작은 집을 지어 놓고 누가 사나
이름은 예쁘지만 차라리 노숙이 낫겠다
몸속에서 잘 흐르지 못하고 튕겨 나온
그 붉은 피의 외마디 입 안에서도
하나 살고 있다
입술을 거치지 않고 몸속에서 올라와
기어이 따로 숨어 집을 지어
내 생의 화두에 동참하는
고통의 꽃
그것은 부드럽지만 칼끝이었을
감상투성이의 나약한 계집일지도
얇고 부실해서 언제 주저앉을지 모르지만
그것은 뼈에 깊게 닿아 있는 집
몸 끝을 터로 삼아 마지막 수행처 하나 지었으니

저 물집 허물어지면

불씨 자욱이 내 발등에 내리겠다.

강 을 건 너 다

저 하늘의 별도 강 건넌 만큼

하늘에 걸렸겠다

하루를 건너는 사람들

세월을 감다가 풍덩 빠지는 곳 있다

잠드는 일도 강 건너는 일이다

누구를 향해

정신 나게 한마디 하고 싶은데

꿀꺽 참으며 또 강 건넌다

무슨 강이든 제 등뼈를 눕혀야 건널 수 있다

등을 하늘에 두고 강 건너는 새들

하늘에도 강이 있다는 것을

새들이 엎드려 날으는 것을 보면 안다

바람이 출렁 나뭇가지 위에 주저앉았다

저것도 강 건너오기 쉽지 않았다

해 떨어질 때

하늘의 목덜미를 잡고 견뎌 보려고

당기는 만큼 하늘 붉었다

해라는 것도 강 건너는 데 저리 겁난다
강이 발아래에만 있는 게 아니다
강 깊어
등짐 지고 끙끙거리는 것들
앞에 보이는 강이 더 많다
번쩍 불꽃 튄다.

저 산 의 녹음

무슨 저런 짐승이 있을까
초록의 몸이 무거워
뒤뚱거리며 누운 저 여름 짐승
숨 쉴 때마다 온 산이 들썩들썩한다
몸의 깊은 곳에서 뿜어져 나오는
화끈거리는 기운
내 몸이 뜨끈뜨끈하다
삼천 여자를 데리고 놀고 있는가
씩씩거리며 숨을 헐떡이는
발작 광기를
절정으로 뿜어 대는
저 사내
알몸인데도 자꾸 벗고 싶어서
사내는 검푸른 근육을 출렁거리고 있다
이상하다
뜨겁게 달아오른 천지 녹음
그런 광란의 현장을 바라보고 있을 뿐인데

나 갑자기 수태할 것 같다

그 푸른 동굴 속에서

나 알몸으로 누워 산을 받아들이면

산 하나 품어 나오리

바다와 강이 하늘이 땅이 산이 모여

초록의 물결로 넘실거리다가

불끈 일어서는 저 거인

누가 엉덩이를 치받는지 다시 꿈틀한다

바람 불 때마다 푸른 불이 번져 나간다.

사 막 의   성 찬

그제는 속초 바다와 저녁 겸상을 했다 밥상에 바다
속사정 많이도 올라와 있었다

무슨 할 말이 그리도 많은지 싱싱할수록 쫄깃한 물
결이 오래 입 안에 메아리쳤다 얼마나 파도쳤는지 한입
가득 들어오는 날것들 쫀득쫀득하게 찰지다 바다는 외
곬으로 같은 말만 되풀이하느라 다른 말을 다 잊어버렸
나 상 위에서도 이빨 사이에서도 철썩 그 한 마디만 되풀
이했다 나는 바다의 속만 파먹었다 파도의 아픈 발자국
이 우둘우둘 씹혔다 바다가 무거워 허리가 반으로 접힌
붉은 새우는 내 시선이 포개져 더 오므라진다 냅다 입으
로 넣어 버렸다

어제는 설악산과 저녁 겸상을 했다 밥상에는 구구
절절한 산속 사연들이 올라와 있었다

명산의 갈비뼈를 거쳐 여기까지 온 풋것들 저마다
접시 위에서 차분히 고개 숙이고 있다 비닐하우스에서
고속으로 몸을 키우지 않고 서서히 자연의 속도로 하늘

의 질서를 잘 견디어 온 귀빈들 그 몸속에 폭풍도 천둥도
뙤약볕도 폭설의 수난도 곰삭은 속도로 서서히 안으로
껴안아 온 것 본다 두 번 생을 살더라도 따라갈 수 없는
필요한 잠언들 잎으로 열매로 뿌리로 낱낱이 접시에 싱
싱하게 누워 있다 다 견딘 자의 묵묵한 겸손이 산나물 잎
잎에 배어 있다 입에 넣지 않고 바라만 봐도 산 하나 먹은
것 같다

오늘은 백담사와 저녁 겸상을 했다 상이 비어 있
었다.

나 는   폭 력   영 화 를   본 다

당신 오늘 배부른가
오늘은 당신의 제삿날
상 위에는 가득 음식 차려지고
술도 한 잔 올렸으리라

당신이 제사상을 받고 있을 때
나는 영화를 보고 있었어
에로틱한 영화 폭력 영화 어느 것을 볼까 망설이다가
나는 폭력 쪽으로 마음을 돌렸어
에로틱은 영 우리와 어울리지 않잖아요
그치? 당신도 알지

영화 속에는 잔인한 인간 군상들이
서로 칼을 날리고 찌르고 자르고
피가 낭자히 흘러내렸어
우리들의 젊은 날 격정과 사랑과 섹스
증오와 저주와 후회와 눈물이

장면마다 이어졌다

몸이 욱신욱신 쑤셔 왔다

당신 오늘 배부른가

내 말도 좀 먹어

내 빈 방도 좀 먹어 하루에도 몇 번씩 뒤집어지는 내

울화도 좀 먹고 가 당신 아니면 아무도 먹어 주지 않아

반드시 내 허기를 좀 먹고 가 제발

제사상 물리고 술 한 잔에 타서 내 통증을 다 먹고 가

극장을 나오는

내 젖가슴에서

당신 손자국이 만져졌다 당신도 영화 봤어?

나 모텔에 들었다

나 모텔에 들었다
강진읍 남성리 금수장 모텔

영랑축제에 가느라 다섯 시간 버스를 타고 내리니
옆의 선생님이 피곤하다며 쉬고 싶다는 것
　강진 시인들이 급하게 나까지 묶어 엉겁결에 모텔
들다
　너도 좀 자라
　선생님은 곧바로 잠에 들고
　나는 거울 달린 둥근 침대 끝에 어정쩡 누워
　왠지 몸이 근질근질

나 모텔에 들었다
비밀스럽게 숨어들면 몸 구석구석에 화끈거리는
여름 나팔꽃이 온몸을 열며 피어날 것 같은 모텔
모처럼 나들이 겸 온 강진의 화사한 대낮
선생님과 모텔 침대에 누워

좀 이상하게 나는 쉬고 있어

목덜미를 거쳐 발끝을 스치는 파리 한 마리 잡으며
헛손질을 하고 있어

영랑 생가 뜰에는 살 뜨겁게 모란이 허공을 밀어내
며 피어나고 있을 때

봄 햇살이 머리끝을 확 잡아당기는 대낮

그렇게 막 봄 신명이

강진읍을 들썩거리고 있을 때.

벼 랑 위 의 생

너무 늦게 왔다

정선 몰운대 죽은 소나무
내 발길 닿자
드디어 마지막 유언 같은 한마디 던진다
발아래는 늘 벼랑이라고
몸서리치며 울부짖는 나에게
몇몇백 년
벼랑 위에 살다 벼랑 위에서
죽은 소나무는
내게
자신의 위태로운 평화를 보여 주고 싶었나 봐
죽음도 하나의 삶이라고
하나의 경건한 침묵이라고 말하고 서 있는
정선 몰운대 죽은 소나무
서 있는 나무 시체는
죽음을 딛고 서서

따뜻하고 깊은 목숨으로

내 마음에 돌아와

앞으로 다시 몇몇백 년

벼랑 위의 생을 다짐하고 있다.

변 태

아들 없는 내게 손자 놈이 태어났을 때 내 잠든 성도
함께 깨어났는지

얼굴은 보이지도 않고 그놈의 고추에 관심이 많았
다 거기로 쏠려 버렸다

걸음걸이를 하던 순간부터 말머리를 알아먹는 순간
부터 고추 좀 보자

새가 베어 먹었나 어디 좀 보자 내가 간절히 보채면

바짓가랑이를 쭉 벗겨 내리며 그 예쁜 것을 시원하
게 보여 주었다

내 먹구름도 싸악 벗겨져 나갔다 그 참 황홀한 맛!

그 똘똘하고 뿌듯한 하늘이 다섯 살이 되는 새해에
도 나는 그저

한 가지 생각밖에 없었다 세뱃돈 줄게 고추 좀 보자

강아지가 물고 갔음 어째 좀 보자 한 번만 보자 보채
는 나에게

이놈 눈 딱 부라리고 날 쳐다보며 하는 말

할머니는 변태야!

고놈이 내 맛있는 병명을 알아 버렸네 내 배꼽 아래
변태가 꿈틀했네.

끈

내가 건너온 강이 손등 위에 다 모여 있다
무겁다는 말도 없이 손은 잘 받아 주었다
여기까지 오느라 꽤나 수척해 있다
툭툭 튀어나온 강줄기가 순조롭지 않았는지
억세게 고단하게 보인다
허겁지겁 건너오느라 강의 성도 이름도 몰라
우두커니 쳐다보기만 하는데
뭐 이름을 알아 무엇 하냐며 손사래를 치는 것인지
퍼런 심줄 줄기가 거칠게 겉늙어 보인다
그 강의 이름을 그냥 끈이라 하자
날 놓지 못하고 기어이 내 손등까지 따라와
소리 없이 내가 건넌 세월의 줄을 홀쳐매고 있으니
자잘한 잔물결이 손등 전체에 퍼져
내가 아무리 떨쳐 버리려 해도 세월의 주름은 더
깊게
내 손을 부여잡고 있다
그 세월 손아귀 힘이 장난 아니어서 아예

잠 못 드는 밤 팔베개를 하고 그 강줄기들과 함께 흐
르려 한다.

핸드백

나의 핸드백은
내 가슴속의 숨은 방과 같습니다
남들은 잘 열지 못하고
열지 못해서 남들이 조금은 궁금한 내 핸드백은
때때로 나도 궁금해 손을 넣어 뒤적거리곤 합니다
열쇠와 지갑만 잡히면 안심이지만
그 두 가지가 정확하게 보이는데도
무엇이 없어진 느낌으로 여기저기 마음의 주머니를
더듬다가 덜컹 가슴이 내려앉곤 합니다
무엇인가 밀물져 왔다가
썰물처럼 밀려갔는지
황톳빛 뻘이 아프게 펼쳐져 있습니다
오늘은 찾아도 찾는 것이 없어서
속을 확 뒤집어 쏟아 버렸지만
알량한 내 품위가
남루한 알몸으로 햇살에 드러나
쑥밭 같은 마음들을 재빠르게 주워 담습니다

내 핸드백 속에서는

내 심장 박동 소리가 들리곤 합니다.

열 애

손을 베였다
붉은 피가 오래 참았다는 듯
세상의 푸른 동맥 속으로 뚝뚝 흘러내렸다
잘되었다
며칠 그 상처와 놀겠다
일회용 밴드를 묶다 다시 풀고 상처를 혀로 쓰다듬고
딱지를 떼어 다시 덧나게 하고
군것질하듯 야금야금 상처를 화나게 하겠다
그래 그렇게 사랑하면 열흘은 거뜬히 지나가겠다
피 흘리는 사랑도 며칠은 잘나가겠다
내 몸에 그런 흉터 많아
상처 가지고 노는 일로 늙어 버려
고질병 류마티스 손가락 통증도 심해
오늘 밤 그 통증과 엎치락뒤치락 뒹굴겠다
연인 몫을 하겠다
입술 꼭꼭 물어뜯어
내 사랑의 입 툭 터지고 허물어져

누가 봐도 나 열애에 빠졌다고 말하겠다
작살나겠다.

등 푸른 여자

바다를 건너왔지

바다에서 바다로 청람빛 갈매 속살에 짓이겨지면서
그 푸른 광야를 헤엄쳐 왔지
허연 이빨 앙다문 파도가 아주 내 등에서 살고 있었어
성깔 사나운 바다였다
내 이빨 손톱 발톱을 다 바다에 풀어 주었다
바다를 건너기 위해서는 단단한 것을 버리고
바다와 몸 섞지 않으면 안 된다
물을 따르기만 했는데 팔뚝 굵어진 여자
망망대해의 질긴 심줄이 등으로 시퍼렇게 몰렸다
드디어
암벽화처럼 푸른 지도가 내 등 위에 그려지고 있었어
내 등에 세상의 바다가 다 올려져 있더군
몇만 겹줄을 벗겨 내도 꼼짝 않는 바다
바다를 건너와서도 내려지지 않았다
시퍼렇게 시퍼렇게 바다를 건어 내어

지상의 돛으로나 우뚝 세우고 싶은
내 몸에 파고든 저 진초록 문신.

개 나 리 꽃   핀 다

바람 부는 삼월
진회색 개나리 가지들 속에서
노오란 머리 비집고 나오는
신생아들
순금의 아기 부처들이
지난해 못다 준 말씀들
세상에 와르르 쏟아 내고 계시네
온몸으로 순금의 등을 켜고
거리에서 순금의 자비를 내리신다
화가 잔뜩 난 사람들 여기를 봐라
하늘의 선물로 내린 빛의 아기들
세상을 순화시키려고
거리마다 신생아실을 두었다
절하라
거기가 어디든 모두 법당 안이다
아기 부처들을 태운 황금열차가
세상의 거리를 달려간다

삼월 설법으로

개나리꽃 핀다.

애 무 석 愛撫石

그 남자가 잠들기 전
쓰으윽 만지고 씁쓸한 웃음 우물거리며
잠자리에 들던 수석 한 점
애무습소 愛撫濕笑
여자 엉덩이를 꼭 빼닮은
탱탱하고 미끈미끈한 그 돌
요즘 나날이 내 차지다
잠들기 전 내가 쓰으윽
엉덩이 아래까지 쓸고 내려가면
그 밑으로 뭔가 꽉 잡힐 것 같은
씁쓸한 착각에
빈 집에서도 홀로 얼굴 붉히네
어느 산이나 강물 속에서
어느 손에 끌려 억겁의 인연이 되어
내 집에서 화동 花童인가 동기 童妓인가
하루 종일
수건 하나 걸치지 못하고 벗은 엉덩이를 까고 앉은

저 우주의 심장 한 쪽

오늘도 완전 내 차지다.

천 년 느티나무

백 대손이라도 되는가
그 앞에 서니 온몸이 찡 울린다
나는 부동자세로 얼어 못 박힌 듯
천 년 뿌리에 발목 잡힌다
부안에서 곰소 지나 내소사 들면
대웅전 앞에 선 천 년 느티나무
몸은 다 비틀어지고 옆구리 동굴처럼 패어
어디 그것을 산몸이라고 하겠는가
천 년 비바람이 다 쓸어 가고
천 년 몸살로 다 삭아 내려
한 발짝도 뗄 수 없는 천 년 병석을
제 스스로 끌어안고 있는
내소사 앞뜰의 부처
지금도 불자들 돌아가는 손에
자신의 푸른 가지 하나씩 안겨 주고 있는
천 년을 주고도 더 주어야 한다고
영영 가지 못하고 늙어 가는
내 어머니 부처.

녹음 미사

어린 말씀들이 돋기 시작했다
나무들이 긴 침묵의 겨울 끝에
몸의 입을 열기 시작했었다
바람이 몇 차례 찬양의 송가를 높이고
봄비가 낮게 오늘의 독서를 읽고 지나가면
누가 막을 수 없게
말씀들은 성큼 자라나 잎 잎마다 성지를 이루었다
결빙의 겨울을 건너 부활한 성가족
의 푸른 몸들이 넓게 하늘을 받는다
잎마다 하늘 하나씩을 배었는지 너무 진하다
말씀 뚝뚝 떨어진다
뜨겁다 못해 진초록으로 불붙고 있는
저 절정의 통회
바람이 불지 않는데도 서로 허리를 꺾으며
벌겋게 타오른다
나도 저렇게 무르익는 통성기도의
후끈한 고백성사 대열에 끼어들어

죄의 뼈를 낱낱이 고하고 싶다

그 눈물

곧 땅 아래로 성체처럼 녹아들 것이다

그 최후를 향해 오늘도 잎 잎마다 말씀 짙어 가고

푸른 부흥 집회가 연일 몇 달째

장엄한 녹음 미사가 길다.

귀

애야 일어나라
어머니 말씀 하나 그대로 상하지 않고 담겨 있다
몇천 번 꺼내 들어도
다시 그대로 더 싱싱해지는 말씀
왕창 무너지는 모진 강풍에도 끄떡없이
몸 안에 묻혀 있던 독
독이 또 하나의 독을 만들며
또 하나의 독이 다시 또 하나의 독으로 불어나
강풍을 밀어내던 목소리
그 말씀 더 진하게 발효되어 온몸을 울리는
깊은 항아리
바람이 숱한 세월을 밀고
귓전을 칼바람으로 스쳐 지나가지만
애야 일어나라
볕살 좋은 곳에 오늘은 뚜껑 열어 두고
항아리마다 담긴 말씀을 푸욱 익히는
내 몸의 장독대여.

아니오니계곡 *

기다리지 마라
나 아니오니계곡 간다
무심히 몇 발짝 들어가다 아예 신발 벗어 놓고
계속 오르고 오르다 뒤도 안 보고
아니오니계곡에 살게 될지 몰라

백담사와 만해마을 사이에
아무 눈에나 뜨이지 않게 나무들이 몸을 살짝 숨겨
길게 하늘로 뻗은 계곡
하늘로 오르는 길을 여기서 알게 되는 계곡
씻으면 장님도 눈을 뜰 것 같은 맑아서 시린 물
이상하다 저 물의 시작은 지상이 아닐 듯
그동안 덮은 비밀 다 드러나고 거짓말도 들통나지만
그래서 다시 깨끗하게 마음을 갈아 끼우는 곳
오를수록 발자국 앞으로 길을 여는
홀린 듯 홀린 듯 세상 다 버리고 세상을 다시 얻는
절대로 아니 내려가는 아니오니계곡

다람쥐가 저기로 저기로 꼬리를 흔들며 오르라 하고
계곡은 그래그래 자꾸만 고개를 끄덕이니
아아 산의 두 팔이 나를 안아 올리네
여기가 어디야 어머니 자궁 속을 다시 든 듯하네
하늘이 여기서 세수하는 걸 아무도 모르지
너희들 다 가져! 몽땅 빈손이 되어도 좋을 듯싶은
한번 오르면 살 것 다 산
아니오니계곡
너무 좋아 좋아 아니 돌아온다는 계곡

나 기다리지 마라.

＊ 백담사와 만해마을 사이의 계곡 이름

만 해 사

멀리서 파도 소리 새벽 너울 넘어와 어둠 깨우고
설악 소나무 가지 어둠 깨끗이 쓸어 놓는
백담 만해사
부처님 오른팔에 끼고 나들이하시는 경전 같은
작지만 깊고 단아한 백담 만해사
고요 한 줌 키우는 승방에 조심히 몸 들면
금방 고요로 스며 사라지는 백담 만해사
부처님 미소로 날 찾아 주시며 고개 끄덕일 듯
내가 사라지기도 하고 내가 더 분명해지기도 하는
묵언으로 설법 펴시는 앞산 고승 무산霧山이
스르르 내려와 몸을 떼어 내 방석으로 나눠 앉으라
시며
빈 마음의 골목을 햇살로 가득 메워 주시는
서원보전誓願寶殿.

정오의 바늘

내게 주어진 생의 요철을 단 한 번도 건너뛴 적이 없다
지층의 갖은 장애를 맨가슴으로 문지르며
온몸으로 문지르며 보이지 않는 속도로
오직 한 곳을 향해 문신하듯 땅의 무늬를 새기며 간다
드디어 도달한 산정
에귀유 뒤 미디*
배꼽과 배꼽이 포개지며 하나가 되는
하늘과 땅의 정점
반쪽과 반쪽이 온몸을 끌어 해진 살 다 녹아내리고
불멸의 한 가닥 뼈와 뼈로 만나는
정오의 바늘
잠시 껴안는 일 초의 미세한 시간을 뒤로하고
일 초를 향해
다시 산정을 향해 요철 위를 문지르며 가는
어디까지라도 가야만 하는 내 마음의 바늘
나는 이 바닥을 기며 기며 너에게 닿으리
내 심장의 뼈로 오르고 올라

다시 아스라한 첨탑 그 정오의 한 찰나에 생을 묻으리.

＊3,842미터 높이의 몽블랑 산정. '정오의 바늘'이라는 뜻.

어머나! 우리 어머니 여기 계시네

시커멓게 타 숯이 된 어머니 켜켜이 쌓여 있는 거 보네

경상도에서 전라도까지

밤바람에 실어다가 꿈속에도 달려와 먹장 가슴 쌓아 두었나

사람들은 책을 쌓아 두었다고 말하네

그게 어디 책인가 천만 번 봐도 어머니 굴뚝 같은 가슴이

시커멓게 그대로 눈 부릅뜨고 쟁여 있어

딸이 보면 안 되지 불티 옮기면 안 되지 꾹꾹 눌러 면

바닷가에

　　이렇게 멀리

　　이렇게 멀리.

우 리 들 의   집

자신의 코트 주머니 속으로 내 손을 가져가는 남자
두 손이 마주 잡히는 그 순간
따뜻한 집 한 채가 지구 위에 우뚝 세워졌다
그 캄캄한 주머니 속에 환하게 서로 웃으며
마주 보는 손과 손의 열리는 문
그 집에 들어서면
그 남자의 가슴 그 남자의 고뇌
그 남자의 시린 밤이 내게 건너왔다
내 축축한 침묵도 흘러갔을 것이다
건너오고 건너가고 그리하여
붉은 강물이 서로 마주 보며 흘러갔을 것이다
영하의 거리에서 우리가 맨손으로 지어 올리는
빛나는 겨울 궁궐
짐승들이 겨울나기 동굴 속으로 기어들듯
그의 주머니 속에 백 년 살듯
두 손이 마주 보며 영원을 지어 올리는 밤
나는 문득
김이 무럭무럭 나는 하얀 밥을 짓고 싶어.

얼음 신발

가을이 그를 데리고 갔다
하필이면 가을은 더는 구할 수 없는
내 심장 한 쪽을 가져갔을까
대신 얼음 신발 하나 두고 갔다
그것을 신고 앞으로 나 미끄럽게 살겠네

가을이 사라진 쪽으로 너를 부르지만
세상이 다 얼음 위라는 경종만 듣고 있네
그대가 우리의 별이라고 하던 그 별에
나 얼음 신발 끌며 가고 있다
내 발이 함께 얼음이 되더라도
나 기어이 그 별을 걷고 걸어
생의 가설무대를 허물어 예쁜 집 다시 짓겠다
이마로 박박 얼음 문질러 화끈한 불꽃 활활 켜고
사라진 가을을 헤집어 너를 찾겠다.

예 술 혼

펜이
종이를 향해 간다

종이는
펜의 끝을
그 심장의 뛰는 맥박으로
받아들인다

내장된 극세공의 예술혼이
저 종이의 밑바닥에서
들썩거린다

천 개의 입을 다문 침묵의
말을 길어 올리는
눈부신 작업
사람이 신에게서 받은
불변의 상속

종이의 심장에 사람의 심장이
닿는 순간

어지러운 인간의 허물도
사람의 정신으로 벌떡 일어서게 한다.

종이 이불

신열이 아직은 산 증거라는 듯
시멘트 바닥이 그를 떠받쳐 든 채
오한에 떨고 있는 풍경 본다
사실은 끙끙 앓는 바닥을 덮어 주고 있는
누더기 육신
겨울 지하 통로에 누워
종이 한 장으로 세상의 바람을 가리고 있는
종이 한 장으로 지나온 세월을 덮고 있는
관심사에 멀어진 의문의 흐릿한 기호 하나
오래전에 난청이 되어 버렸지만, 그러나
지하의 바닥에서 밀고 올라오는 독한 바람과는 통
하는지
그 소통 안에는 언 귀를 잡아당기며 쩔쩔 흔드는 손
이 있는지
종이 한 장의 보온 기억을 되살리느라 발끝을 오므
린다
어디를 가려는 것인지

영혼이 가는 곳으로 느리게 머리를 돌리고 있는 저
사람
죽은 듯 죽지 않은 입을 열었다 오므리고 있다
종이 한 장으로 깊고 깊은 겨울의 중심을 건너는 저
사람.

도 서 관

손과 손을 잡고 너를 지키랴

강강술래를 노래하며

너를 위로하랴

정신의

탑이여!

종이가 사라진다는 오해가 있었다면

앓는 종이여! 미안하다

네 신음 소리에서

달빛 길어 올려 내 입술을 축이겠다.

꽃 비친다 하였으나

나 어린 처녀 때
가랑이에서 물컹 살점 떨어지는 기미 있었는데
"꽃 비치는 기라. 말하거래이"
어머니 일러두었건만
아무리 생각해도 꽃은 아닌 것 같아
문 걸어 잠그고 나 그걸 종이에 묻혀 보았는데
살점도 아니고 붉은 피도 아니고
꽃은 더욱 아니었는데
첫 경도를 종이에 바친
종이에게 첫 여자를 바친
종이와 관계한
죽어도 끊을 수 없는
내가 가야 할
숙명적 비망록.

닥나무

저 잎사귀 위에 종이라고 쓰고 싶다

서울 구기터널 옆
삼성 출판 박물관 입구에 닥나무 한 그루 서 있다
박물관 문 여는 날 이어령 선생님이 기념식수 했다는
닥나무 처음 보는데
너무 낯익다
나를 스쳐 간 종이 몇백 트럭 후히
저 나무에서 비롯되었을 것
저 잎 하나하고 말 걸고 있으면
백 년은 후딱 지나가겠다.

한 지

저 허공의 질감이 어떻더냐

햇살 지나고 박살 나는 피투성이 천둥 지나고 할퀴
듯 사나운 폭풍하며

연한 몸빛의 달빛 지나고 연한 쑥물 봄바람 지나고

그다음에 늘씬하게 두들겨 태어나는 한지

종이의 질긴 정신은 죽음을 넘어왔다

세상이 뱉어 내는 것들 다 안아 들인

그래서 낮은 보폭으로

깊은 침묵 안에

얼어붙는 겨울 대지에 쏘옥 고개 드는 싹

소리 없이

도도한 사람의 정신 여기 태어난다.

인 피 人皮

인피가 있다는 거 알아?

사람 가죽으로 책을 만들었다는 거 알아?

글쎄 유럽에서도 백인 피부로 책을 만든 역사가 있
다는 거야

16세기 네덜란드에서는

노예나 포로나 죽은 시체의 피부를 벗겨

종이를 만들어 책을 만들었다는 거야

인피의 0.41밀리미터 가죽은 보드랍고

넘기기 좋은 책이 되었다는데

인간에게는 그런 잔인한 수법으로도 남겨야 할 문
자가 있었던 거야

남기고 싶은 욕망이 짐승보다 강하게 꿈틀거렸던
거야

오래된 도서관에선 사람 가죽 책이 두어 권은

비밀스럽게 보관되어 있다는데

종이가 사라진다면

문명의 기술보다 종이가 더 귀해지면

……

요즘 흔하다는 성폭행보다

사람들 피부를 겁탈?

종 이 책

뒤로 좀 물러나라고 해도

서자庶子처럼 눈치를 마구 주어도

뒤꽁무니를 빼라고 친절한 귀띔을 해 주어도

전자책의 받침이나 되라고 야유를 해도

그 자리 그 자태로 우뚝 서 있는

당당하여라

찢기기도 하는 닳기도 하는 퇴색하기도 하는 문자
가 흐릿해지기도 하는
　만져지기도 하는 소중하여 한 번 더 읽으려고 귀를
접기도 하는
　졸다가 가슴에 얹기도 하는 두어 권 베개로 귀로 읽

기도 하는 그 편안한

    본성

    조선 시대 학자들이 비늘처럼 몸을 덮어 추위를 막

았던 섬유 같은

    영원히

    제 몸을 헐어

    정신의 날을 가는

    숫돌의 힘.

순 천 만

눈앞이 슬슬 흐려지는가
순천만 가자
몸 안 어느 곳이 석회처럼 슬슬 굳어지는가
순천만 가자
침을 뱉으면 끈적끈적한 검은 피가 나오는가
순천만 가자
순천만 가서 우리 살아 있는 것이 무엇인지 물어보자
순천만의 자연 생태관을 거쳐 갯벌 쪽으로 나가면
흑두루미 가족을 만나 왜 거기 사느냐고 물어보자
큰고니며 노랑부리저어새며 검은머리갈매기를 만나
왜 따뜻한 도시의 유혹을 물리치고 거기에서 겨울을 나는지
마른 몸들끼리 부딪치며 추위를 이기는 갈대들
서로 온기 나누려는지 서로 마른 뼈를 기대고
밭은기침을 삼키는 갈대들에게 물어보자
검은 사지를 있는 대로 뻗으며 촘촘히 제 몸을 조이는

저 촉촉한 습지에 귀 기울여 보자
깨끗한 생명의 숨소리가 왁자하게 고요한
울렁거림으로 다가서서…….

호르헤　루이스　보르헤스

한 권의 나라가 태어났다

1899년 8월 24일
할아버지 도서관에서 천지를 뒤흔드는 우레가 번쩍
한 권의 책이 태어났다
도서관에서 어깨와 허벅지가 굵어졌고
종이 냄새와 책의 향기로 몸의 혈관이 꿈틀거렸다
한 페이지 한 페이지의 문자가 그의 호흡기에 저장
되었고
동서양 지식의 영양으로 키를 길렀다
그의 몸엔 종이의 피가 책의 사상이 돌기 시작했다
책 속에서 책으로 살다가
책의 성을 쌓다가
도서관 사서로
국립도서관장으로
일생을 오로지 책이 되어 살았는데

호르헤 루이스 보르헤스

감히 어느 책벌레의 소행이었을까
종말엔 눈을 잃어 책 향기로 책을 읽었는데
어둠을 파내며 어둠 너머의 글자 속을 여행했는데
책을 글자를 더듬으며 더 깊이 들어갔는데
글자와 더 명료하게 마음을 나누었는데
그 무한이 그 사람 생의 향기가 되었는데
깊고 깊고 깊은 그 의식의 바다는
만리장성보다 높은 지상의 책으로의 성이었는데
1986년 6월 14일 그의 심안의 눈까지 닫아 버렸는데
그의 책은 더 커져 가기만 하는데…….

원고지 납골당

원고지 한 칸에 나를 묻고 싶은 때가 있었다

그러나 나의 딸들아

풍장風葬도

조장鳥葬도

수목장도 하지 마라

온몸에 퍼진 서러운 독

서운하다 서운하다 가슴 졸인 불꽃의 상처를

재 가루로도 남기지 마라

원고지 한 칸의 미련도 완전 태워서

이 세상에 얼룩 하나 남기지 마라.

5부 빛의 발자국

내 앞 에 비 내 리 고

밤새 내리고 아침에 내리고 낮을 거쳐 저녁에 또 내리는 비

적막하다고 한마디 했더니 그래 살아 움직이는 장면을 계속 보여 주는구나

고맙다. 너희들 다 안아 주다가 늙어 버리겠다 몇 줄기는 연 창으로 들어와

반절 손을 적신다 손을 적시는데 등이 따스하다

죽 죽 죽 줄 줄 줄 비는 엄마 심부름처럼 다른 사람에게는 내리지 않고

춤추듯 노래하듯 긴 영화를 돌리고 있다 엄마 한잔 할 때 부르던 가락 닮았다

큰 소리도 아니고 추적추적 혼잣말처럼 오르락내리락하는 비

이젠 됐다라고 말하려다 꿀꺽 삼킨다 저 움직이는 비바람이 뚝 그치는

그다음의 고요를 무엇이라고 말할 준비가 되어 있지 않다 표현이 막막하다.

스며라 청색

여명 속 어둠 한 스푼을
흰 쟁반에 살짝 놓으니
새벽 속살이 엷은 청색으로 살살 흐르더라
아슬아슬 쟁반에 차오르더라

그 빛!

모닝커피에 달달하게 스며들면
굳은 것들 자근자근 풀리고
새잎 돋우는 나무의 첫인사도 솔솔 들리면서
보이면서
온몸을 따스히 흐르다 차오르더라

어둠은 빛을 깊이 안고
하루를 걸어가는데
그 고단함을 견디느라 힘 꽉 주면
그때 살아나더라 진한 청색으로 불끈 일어나더라.

1 0 주 기

바람 서늘한 날 당신 내 무릎 베고 눈감았다

지금 그곳 환한가

흰 뼈가 마지막 빛으로 일어서고

이제야 소리 되지 않았던 속내를 수습하고 있다면

환하리

법원읍 오현리 산 발밑에서 늘 윙윙거렸다

조마조마 지반 흔들리고

서로 헌 진물 모른 척 지나가던 세월

일으킬 수 없는 당신 몸 위에서 내 마흔

옥죄이는 알몸을 허허롭게 비벼 보기도 했지만

당신 가고 나 생각보다 찬란하지 않았어 여보……

쭈뼛

살얼음이 입속에서 어슥어슥 시려서

그렇게 혼자 버석거렸어 여보

같은 우산 받고 시끄럽게 침묵해 온 세월 이제 웃어
주고
긴 수로의 습지에서 건기의 지상에 반짝 서고 싶어
오늘 다시 추억 장례를 치를까
햇살 아래 꼬깃꼬깃 숨죽인 이야기들 꺼내니
그 흔적들 새잎 돋아 가슴께로 뻗어 오고 있어
이런 지루한 인연이 있네 글쎄 100년이 지났어

바람 서늘 서늘한 날
커피 한 잔, 담배 한 개비를 불붙여 놓았네
큰절하고 당신 집 위에 낮게 엎드리니 이게 뭔가
아리아리 들리는 시리고 서러운 촉감
너무 깊어 희디흰 울림 첫날 당신에게 스며들던 그……

딸들의 저녁 식사

우리들은 둘러앉아
옛날의 젊은 엄마들을 반찬으로
저녁을 씹고 있었다

우리들은 모두 엄마가 다르지만
엄마가 겪은 상처와 치욕은 다 같았으므로
서로 "그 엄마"로 불렀다

우리들은 한 남자를 모두 아버지라 부르지만
한때 그 엄마들이 손톱 끝을 세우며 진저리 치며
그리워하던 그 남자의 같은 피를 받았다

그 남자 하나를 온전히 가지지 못해 발광의 가슴을
뜯으며
허기로 혀를 물었던
우리들의 그 엄마들은
천국에서는 어떻게 살까

딸들이 와르르 웃으며 눈물을 찍어 낸다
저녁이 저물고
고기를 씹던 딸 하나가
"우리 엄마 내 딸로 태어나면 남자 하나 얻어 줄
텐데"
그 말 잇속에 끼어 너풀거리고

새벽까지 한 남자를 기다리던 엄마들의 늙은 딸들
이 모여 앉아
가장 잔혹하고 슬픈 남자 하나
우리들의 아버지를 미워하지 않기로 결정한다
취중이 아니라고 우기면서
갈비 10인분 소주 다섯 병을 비우고
남자 하나에 비루하게 생을 마감한 그 엄마들의 딸
들이
자신들의 딸들에게 외할머니는

유관순이었다고 신사임당이었다고 말하자며 중의
를 모았다

엄마가 다르나 어딘가 비슷한 딸들이 와장창 웃을 때
어머나! 젊은 그 엄마들이 모두 치마를 벗은 채
우리들 옆으로 앉는 모습이 보였다 사라졌네.

국 물

    메루치와 다시마와 무와 양파를 달인 국물로 국수
를 만듭니다
    바다의 쓰라린 소식과 들판의 뼈저린 대결이 서로
몸 섞으며
    사람의 혀를 간질이는 맛을 내고 있습니다

바다는 흐르기만 해서 다리가 없고
들판은 뿌리로 버티다가 허리를 다치기도 하지만
피가 졸고 졸고 애가 잦아지고
서로 뒤틀거나 배배 꼬여 증오의 끝을 다 삭인 뒤에야
고요의 맛에 다가옵니다

내 남편이란 인간도 이 국수를 좋아하다가 죽었지요
바다가 되었다가 들판이 되었다가
들판이다가 바다이다가
다 속은 넓었지만 서로 포개지 못하고
포개지 못하는 절망으로 홀로 입술이 짓물러 눈감

았지요

　　상징적으로 메루치와 양파를 섞어 우려낸 국물을
먹으며 살았습니다
　　바다만큼 들판만큼 사랑하는 사이는 아니었지만
　　몸을 우리고 마음을 끓여서 겨우 섞어진 국물을 마
주 보고 마시는
　　그는 내 생의 국물이고 나는 그의 국물이었습니다

헛 눈 물

슬픔의 이슬도 아니다
아픔의 진물도 아니다
한순간 주르르 흐르는 한 줄기 허수아비 눈물

내 나이 돼 봐라
진 곳은 마르고 마른 곳은 젖느니

저 아래 출렁거리던 강물 다 마르고
보송보송 반짝이던 두 눈은 짓무르는데
울렁거리던 암내조차 완전 가신
어둑어둑 어둠 깔리고 저녁놀 발등 퍼질 때
소금기조차 바짝 마른 눈물 한 줄기
너 뭐냐?

손

그것을 소리꾼이라 부른다

성대 위로 트럭이라도 지나갔는가
투박한 목소리는 컬컬하고 두툴두툴하다
칼끝으로 저민 듯 몇 번 피를 왁자히 토하고
으윽 거꾸러지기도 했는가
성대가 상해야 맑은 소리가 나온다고
피바람 바람칼이 저벅저벅 밟아야
석삼년 가문 목이 주르르 트인다고
뻘겋게 쏟아 낸 한보다 꿀꺽 삼킨 소리가 더 많아
죽음은 넘었지만 득음엔 들지 못한

민둥산 황량한 사막을
타박타박
닳은 쇠갈쿠리가

번쩍

달빛에 운다.

백색 소리

벼랑이다
최적의 한계까지 밀고 간
최적의 위험 수위 그 끝
숨 쉬지 마라
모든 시간을 멈추고
한 점 순간에 자신을 밀어붙이고
모든 의식의 눈을 감고
한 점 찰나에 소멸하려는 그 순간
하얗게 지워지는
울림
탁 그 줄마저 탁 끊어 버리는 시간
에 환하게 켜지는 소리 소리
그 희고 청명한 백색 소리

겨울 만해마을 1

저 소나무 참 무지막지하다

발밑에는 도끼날도 튀어나올 듯

살찐 얼음을 꽉 껴안고

산바람은 천의 칼을 물고

불꽃 혀를 날름거리며 달려들듯 소스라치고

위로 왁자히 매의 눈알 같은 눈발들

맹추위 퍼덕이며 내려 쌓이는데

저 푸르름

여유 있게 너울너울 팔을 흔들기도 하다가

입 탁 닫고 숨 한 번 쉬면

가지 찢어지게 눈발들 쏟아 내기도 하는데

그러면 반짝 눈발 속에서도

하늘을 가까이 이마로 부딪치기도 하는데

땅에 두 발 내린 부처일까

저 여유가 불경의

도道라는 것일까

국수 한 가닥 스윽 넘기는 일일까?

저 나무에 기대선 사람

여기까지 온 길이 참 울퉁불퉁했겠다

허리 한 번 쫙 펴고

툭 하고 나무의 어깨를 쳤다

길은 없어도

서 있는 것이

길보다 더 울퉁불퉁 세월 견딘

나무 몸통이 소스라치며 신음 곡哭을 쏟았다

허공의 몸통도 순간 푸드득 푸드득대는 것이

어둠 속에서

서로 세월을 가지고 서로 푸르다 붉으니 살벌하다

나무속이 우지끈 꺾이는 소리

사람의 길에 무너지며

그날 밤 귀청 아프게 용대리 들판이 요란 요란 울린다

나무와 사람이 울퉁불퉁 껴안는다.

겨울, 설악 바람

누굴 찾아다니는 것일까
서릿발 치는 한 온몸에 휘감고
저 괴귀 저렇게 으스스 으스스 울어 대는가
무슨 혐의라도 잡고 있는 듯
이제는 내 손으로 잡겠다는 듯
구급 외마디를 위험스럽게 윙윙거리며
이 악물고 설악을 샅샅이 뒤적이다가
시인의 창을 긁고 집 지붕들을 뜯어내듯 하는구나
무너지는 소리 왁자하고
저게 누굴까 누굴 찾아다니는 것일까
잉잉 윙윙 히이이이힝 설악을 잡겠다는 것인지 시
인을 잡겠다는 것인지
오늘은 잡고 말겠다고 천 개 손톱을 휘두르는
저 난장 경經이 무엇일까

나는 방에 누운 채 잡히나 보다
등덜미가 서늘하다
내 안의 협잡이다.

279

갑 옷 을 입 은 호 랑 이 떼 들 일 까

하늘이 통째로 훌렁 빠지듯 밤새 비 내리고
저 물소리 멀리서도 젖는다고 간단히 말하지 못한다
칼을 찬 이순신 장군이나 김좌진 장군의 생생한 전
투 모습으로
적의 목을 쳐 두 손으로 깃발처럼 높이 들고 말을 타
고 달려오는
승자의 우렁찬 군가 같은 저 물소리
만해마을 409호실은 부처도 없고 만해도 없고 물소
리만 낭자하다
해서 몸이 성한 곳이 없다

아니다 칼이 지나간 자국을 만지다가 호랑이 발자
국이
온몸을 찍고 간 것을 알았다 산속 호랑이 떼들
목을 쳐 흐르는 피 냄새를 맡고 이것들 미친 듯 넓은
개울을 가득 메우며
달려온 것이다 동물의 왕국에서나 보았던 광야의

호랑이 떼

　피 흘리며 끌려가는 인육을 겨냥해 거리의 불빛을 이글거리는 눈알에 박아 넣고

　호랑이 떼들 앓는 몸을 밟고 지나갔구나. 해서 몸이 다 찢겨 버렸다

　결코 쉬는 법이 없는 저 물소리

　칼을 든 장군들의 싸움인지 서너 달 굶은 호랑이 떼들의 광기 어린 출몰인지

　읽어 내려 봐 지난 생을 뒤적여

　칼과 칼이 부딪는 내력을

　눈 시퍼렇게 뜨고 흐르는 저 갑옷을 걸친 무리들의 행렬 구호가 딱 한 소절이다

　단순하지만 우직하고 한길만 가는 그래서 무슨 연유로

　수 세기를 저렇게 돌바닥을 온몸 쳐 흐르는 저 물소리

아무도 알아듣지 못하는 염불 소리

늑골이 푹 파인
그 소리 따라 오늘 밤 호랑이 품속에서 잦아지겠네.

겨 울   산

문이라는 문은 다 닫고 드는 길도 모두 지워

희고 큰 보자기로 산을 한 뭉치 싸맨 것같이 보인다

설산의 위엄으로 빛나는 오대산의 신전 같은 백덕산

저 하얀 보자기를 신이 달랑 들고 갈 것인가

신비는 근접하기 어렵지만 문 없는 저 안에 누가 있

을까

눈이 쌓여 벌써 며칠째 길이 단절된

너무 하얘 공포스러운 은빛 보자기 속을 기어오른다

반쯤 몸을 산에 내어 주다가 내친김에 온몸을

산속으로 밀어 넣는데 거기 날 받는 손이 있을 것인데

무슨 일로 의기투합해 한 덩어리가 된

억세게 끌어당겨 더욱 하나가 될 수밖에 없는

겨울 산 혹한 속엔 서로 앙칼진 포옹이라도 해야 하

는 것인가

다 얼어붙어 너도 나도 없는

내 발소리까지 끌어들여 얼음은 더 두꺼워지는데

시퍼렇게 날 선 바람이

베인 귀를 다시 베어 가고 납작 엎드렸는데

어느 곳이나 살아 있는 것은 정지되지 않아

더 깊은 결빙의 지역으로 올라가고 있는데

산이 더 꽉 조이며 땅속까지 울리고 과도한 침묵도

얼어 터져 폭죽 소리를

내는 겨울 산.

압구정역에서 옥수역까지

수서역에서 3호선 지하철을 타고 세상 중심을 달리지

그래 달리지……

깜깜한 지하 땅속 깊이에서 고압선에 매달려 흘러가지만

그래 흘러가지만……

학여울역 매봉역 교대역 신사역을 지나면 압구정역이다

압구정역에서 옥수역까지는 동호대교를 건너가는데

그래 건너가는데……

세상의 중심을 지나가는데 지하 땅속 깊이에서

환한 햇살 눈부시게 쏟아지는 세상에 덜컥 올라서는데

그래 올라서는데……

저 한강! 햇살 부시지만 막 펴 든 어느 작곡가의 어지러운 연습장인지

물 위의 물결무늬를 봐 강 건너는 사람들 마음 축소
판인지

그래 축소판인지……

오리들 흩어졌다가 다시 모이고 그중 어느 놈은 앞
으로만 가는데

저 음표 너무 높은 음이어서 목이 찢어질 것 같네

그래 찢어질 것 같네……

생의 가장 높은 음이 둥둥 떠 있네

아무리 작은 점도 그게 다 소리 내어야 하는 거지

그래 소리 내어야 하는 거지……

그냥 지나치는 음표는 없는 것이지 저 운율 무늬

곧 지하 땅속으로 다시 드는데

그래 다시 들어야 하는데……

강 한 번 건너는데 몸의 음표들 다 강 따라 흘러내렸
는지

그래 다 흘러내렸는지……

지상에는 진땀 나는 음표들이 지워졌다가 다시 그
려지는 것인데……

물오징어

내 가슴은 뛰노라*

밤 11시
물 끓이고 그 끓는 유혹 속으로
물오징어를 삶아 건져
비명처럼 놀 같은 초장에 그걸 찍어 입 안에 넣으며

워즈워스와 담론을 한다
아직도 가슴이 뛰나요?

동그란 팔찌 같은
말랑거리는 자전거 바퀴 같은 것을 입 안에 굴리면
65도짜리 독한 세상 의문도 입 안에 굴리면
밤새 국제적 시인과 슬그머니 손도 잡으려 한다

내 가슴은 뛰노라
나를 위장하기도 하지만

너무나 가슴이 뛰지 않아서

아니 아주 약간 뛰려고 하는 것 같기도 해서

오늘 밤은 워즈워스를 불러 가슴 뛰는 이야기나 하려고

물오징어 한 마리를 다 바닥내고

워즈워스와 한잔에 취하고는 가슴이 뛰는가 정말 가슴이 뛰는가

워즈워스의 가슴을 치면서 물오징어를 씹으면서……

* 워즈워스의 시 「무지개」에서

있다 없다 전설 같은 연애 하나

봄이 오면 녹아 버릴 거야

지금은
겨울 영하 20도
달빛 얼어붙은 밤에
두꺼운 외투 주머니에서 꺼내는
탁구공 같은 연애 하나
빈방에서 톡 톡 톡 튕겨 보는
전혀 변함없는 탄력성의 전설에
밤새 손을 쬐며 보낼 때
밖에는 광란의 바람 마른 가지 우지끈 부러지는 소리
명치에 와 박히고
만지작거리는 연애 하나 자꾸 어딘가로 흐르고 싶
은 눈치다

어디를 가려고……

톡 톡 톡 다시 달구어지는 탁구공 같은 밀어 신발을
찾고 있는데

누굴 만나려고……

전설의 연애 하나
마음속에서 굴러 나와 장롱 밑을 어슬렁거리다
어느 마음을 더듬어 가려고
있다…… 없다……
없다…… 있다

기온은 더 하강하고
걸음 멈추고 빈방의 온도 영하로 곤두박질치는 시간
그 작고 단단한 연애 하나를
다시 외투 주머니에 푹 쑤셔 넣는다.

자질구레하다

손톱 거스러미와 옷섶 보푸라기가 일렁인다

잘 입은 정장에 단추 하나가 떨어진 것도 보인다

그 행간에 몇 개 염전이 산다

불가촉천민의 닳은 숟가락 보인다

가파른 언덕으로 리어카를 끌고 가는 등 보인다

지나치게 도도한 목을 꺾고 두 손을 모으고 생각에
잠긴 사람 있다

맨얼굴로 정직을 쟁기질하는 농부도 보인다
그 너머 정겹게 오라는 손짓이 있다

그것을 지나야 한다 맨얼굴 아래 더 아래 다시 가고 다시 가노라면

묵은 짐 내리게 하는 평안의 의자가 거기 있다

후미진 골목 가장자리 나팔꽃이 활짝 아침 열고

따뜻한 물속에 두 발 담그니

아 좋다.

철버덕

다리 위에서 한 여자가 철버덕 주저앉네
그 철버덕을 따라가노라면 한 생의 찌그러진
명암이 비명을 업고 달려가네
허공의 손짓이 숱한 금으로 흩어지는 두 손
두 손 말고도 깊은 금 온몸 무겁게 거느리고 있네
그 철버덕 해명을 멀리 갈 것이 있겠는가
지금 내 손바닥의 잔금들 수십만 대군의 패잔병 신음
길게 죽죽 울리고 있네
환장할 듯 달려들다가
피범벅으로 얼굴 째져 넘어지는 세월
그 철버덕 안에서
인조 속눈썹이 반쯤 떨어져 덜렁거리는 무안 참는
희극의 삶이
어느 때고 철버덕 여운으로 귀가 멍멍

입 안이 너무 쓰다.

북 향 집

남을 등지고

삼청공원 눈으로 오르는데

여명의 빛

창 덮은 한지 사이로 흘러라

곡진한 눈치를 떠오르는 햇살이 알았는지

둘러 둘러

북향 내 집 앞니만 한 뜰에도

설핏 내리더라

푸릇한 새벽빛이

잇몸처럼 붉어지더라

서 늘 함

주소 하나 다는 데 큰 벽이 필요 없다

지팡이 하나 세우는 데 큰 뜰이 필요 없다

마음 하나 세우는 데야 큰 방이 왜 필요한가

언 밥 한 그릇 녹이는 사이

쌀 한 톨만 한 하루가 지나간다

빛의 발자국

오후가 되면 슬그머니 내 방 벽으로 드시는 이

남향 창으로 격자무늬 햇살 그림자

방으로 드시는데

저 무늬 어디서 봤더라

참 다정한 모습인데 누구더라

내 생을 스쳐 간 얼굴인가 풍경인가

피 당기는 저 모습 저 온기

내 몸보다 더 편안한 곳 모셔 두고 싶다

붉 은 물

오늘
두 손을 대야에 담갔는데
물이 붉게 물드네
열 손톱에서 흘러나오는 것이
몸속에서 꿈틀거리다 다친
꿈들인가

흐르지도 못하고
견딘
지나친 마음의 독인가

밤새 가다 가다
지구를 엎듯 되돌아선
마음 접은 자리 흐르는 피인가

이 물
버릴 곳이 없네

계동의 달

이런 길동무가 있었나
국립현대미술관에서 천천히 걸어가는데
계동 골목으로 들어서는데
참 오래전 목소리가 들린다
달이 슬그머니 팔을 걸어 오면서
이 밤을 끌고 지구 끝까지 가자고 한다
그래 가자!
그렇게 허황하게 살고 싶었다
손익계산 없이 다짜고짜 한번쯤 살고 싶었다

내 의지가 이렇게 막 달아오르는데
달은 어디로 가고 없는가

헛 신 발

여자 혼자 사는 한옥 섬돌 위에
남자 신발 하나 투박하게 놓여 있다

혼자 사는 게 아니라고
절대 아니라고
남자 운동화에서 구두에서
좀 무섭게 보이려고 오늘은 큰 군용 신발 하나
동네에서 얻어
섬돌 중간에 놓아두었다

몸은 없고 구두만 있는 그는 누구인가
형체 없는 괴귀怪鬼
다른 사람들은 의심도 없고 공포도 없는데
아침 문 열다가 내가 더 놀라
누구지?
더 오싹 외로움이 밀려오는
헛신발 하나

공 일 당 空日堂

북촌로 8길 26
딱 명함 한 장만 한 한옥 대문 위에
공일당 당호가 걸렸다
무산 설악스님이
바람 한 가닥 잡고 설악바다를 에둘러 찍어
꽃처럼 예쁘게 수놓은 당호다
김남조 선생님이 한마디
혼자 사는 여자 집에 공空 자는 좀……
다 비우면 새롭게 쌓이는 법
공이 만滿이 되는 것이라
혼자건 둘이건 비우건 쌓이건
다 같은 것이라
그 순간 시간이 출렁 섰다가 가네
혼자가 둘이 되고 둘이 하나가 되어 가네
공일空日은 예배로 채우는 날

허 공 부 처

가회동길 안국선원

사월 초파일 지나

연등 내렸다

불 꺼지고

부처는 그대로 있다

부처는 허공의 모습으로

몸 다 풀고

허공으로

앉은뱅이도 취한 노숙자도

가까이 곁으로 있는

뒤척일 때마다 몸 부딪치는

허공 부처

툇마루

애개개
강아지 혓바닥만 한 툇마루를 봤나
내 귀만 한 툇마루에 햇살 비치면
발바닥이 저릿하네
강을 천 개나 건넜는데
내 몸에
어린 발바닥 꼼지락거림이 아직 남았는가
고향집 툇마루에 앉아 마음으로 서울 그리던
열세 살
속마음이
이 어린 툇마루에 움찔거리네
집에 붙은 것이
내 몸에 붙은 몸같이
근질거리는
햇살 보듬는
앙증맞은 툇마루에 앉아 어린 하늘을 보네

조 각 보 앞 에 서

세상의 모든 빛인가 그늘인가

나라도 고향도 기억도 맘 저림도
저렇게 똑같은 크기와 길이로
붙여 놓으니 입을 콱 닫은 함구를 보는 것 같네

내 인생이야 저렇게 크기와 길이가 같을 수가 있겠나
어느 골목 깃발은 한반도를 다 주어도 모자랄 것 같고
할 말이 쿨쿨 쏟아지는 지역이 있다면
어느 골목 깃발은
살짝 흔들려도 온몸이 저려
꼼짝없이 입 열지 못하고 침묵을 지키겠네

어떻게 저렇게 같을 수가 있겠나
어느 생의 골목은
도무지 입도 열지 못하고 닫힌 공백이 있고
어느 실핏줄은 몇 번이나 터져 꿰맨 흔적이 역력하네

뒤돌아보면 세계지도처럼

큼직하게 뻗어 그 끝을 모르고

어느 부분은 눈에 환히 보이는

울퉁불퉁한

내 생의 조각을

북촌 상가에 걸린 작은 조각보 앞에서 보네

유심사 터

잠 안 오는 밤
더러는 인기척 없는 새벽 어스름 때
대문 밀고 나가면 바로 있는
유심사 터
우국 인사들의 사랑방이었던 역사적인 집
지금은 게스트하우스가 된 대문 앞에서
만해 한용운을 부른다
대문 앞에 3·1운동의 주역이란 팻말을 한 번 쓰다
듬고
유심 잡지를 만들던 터라는 그 '유심'이란 글자를 다
시 쓰다듬고
선생님! 하고 몇 번 불러 본다
승려도 남자 아닌가
아니 그분은 님의 침묵을 쓰신 시인 아닌가
흰 두루마기 옷고름을 매면서 대문을 여신다
손에는 먹물이 묻어 있고 한 손에는 붓을 들고
눈은 너무 깊어 한 열흘 잠을 쫓은 모습이다

그거 다 두고 바람이나 쐬자고 하니

그거 다 두고 나가자고 하시네

뭐 하는 여자인지 묻지도 아니하시고

아니 내 얼굴조차 아예 안 보셨지만

우리는 계동 중앙고보 숙직실에 들러 운동장을 걷
다가

여기서 백담사는 멀지요? 하니

그윽하게 그쪽을 바라보시기만 하다가

계동 골목을 나란히 내려오고 있었다

이게 무슨 홍복인가

나는 제법 간이 커져

손이나 한번 잡자고 큰맘 먹고 옆을 보니

봄 재촉하는 바람만 겨드랑을 파고 흐르고 있었다

계 동 무 궁 화

계동 교회 앞마당에 화들짝 핀 무궁화 두 그루
보랏빛과 흰빛이 잔잔하게 대한민국을 부르며 피어
있다

문을 열면 더 활짝 피며 인사를 하는 무궁화
흰빛 무궁화는 남자이고 보랏빛은 여자라고
두 그루 나무는 부부라고 나는 생각한다

이 두 부부는 크게도 웃지 않고
그렇다고 할 말을 못 하는 숙맥도 아니고
지나가는 사람들 모두 인사하고
교회 찬송가가 흐르면 넘실대면서

신바람도 있고 겸허도 있고
비바람 칠 때는 그렇다고 꺾이지도 않고
계동 골목을 은근히 밝히는데
어린아이를 안고 가는 어머니가

아이에게 무궁화를 가르치는 것이 계동 교실이구나

그 부부가 서로 꽃을 내릴 때는 어찌나 단정한지
꽃잎을 도르르 말아서 똑 똑 떨어지는데
진 무궁화를 주워 조심스럽게 꽃잎을 펴 보면
오늘 살아갈 대한민국의 의지가 적혀 있다고 믿는
내일 살아갈 대한민국의 도전이 적혀 있다고 믿는
부부가 서로 말로 못 하는 것을 겨우 마지막 떨어져
내리며 마음 전하는
계동 골목길 무궁화 부부

한 옥

한옥은 북촌의 어미인가
북촌은 한옥의 자녀인가

아무래도 한옥은 심장 소리가 나는 사람이다

함부로 자태를 구기는 심장만 뛰는 사람이 아니라
다소곳하며 당당할 때를 잘 아는
할 말을 하고 화는 참아 내는
인격이 높은 사람이다

팔을 죽 뻗어 어느 허공을 가리키는지
그 팔 맵시가 우아하여
처마 밑에선 공손히 허리를 굽히고 싶다
그 멋스러움 가까이 우러르고 싶네

그 멋스러움에 가까이 귀를 대면
이 사람 감정 또한 다정하여

한지 창 사이로 스미는
나무 향 사이로 스미는
햇살과 연한 바람으로 사랑 이야기가 끝없어라

따뜻하고 아기자기한 기품이여
한옥은 살아 있는 사람
살아 있는 사랑
오늘도 크게 숨 쉬며 사람을 받아들이네

가 회 동 성 당 1

여기가 성당인가?
의문 하나 들고
이끄는 손길이 머무는 한옥을 들어서면
가슴 저릿한 아기 예수님을 안으신 성모상이 있다
그 옆 계단을 오르거나 바로 들어서면
가회동 성당의 역사가 보인다

그때부터 허공을 걷는 마음이 높이 걸린 것 같은
여기가 내 생의 중심인 것 같은
이곳이 내 혼의 종착지인 것 같은
아니
내 생의 출발 지점같이
들뜨고 어지럽고 핑 눈물 퍼지는 기쁨의 계단을 오
르리니

종로구 북촌로 57번지
북촌의 어느 땅이건 다 성지다

한국 교회의 첫 미사 봉헌이 여기에서 이루어졌으니
1794년 4월 5일이다

조선 땅에 처음으로 하늘을 연 주문모 신부님의 첫
미사가
　북촌에서 울려 강북이 종로가 한강이 강남이
　높이 쳐든 성체처럼 조선을 대한민국을 울렸으니
　을묘박해 신유박해의 피바람 속을 늠름히 걸어
　여기 가회동 성당은
　고요히 고개 숙이며 거룩하게 서 있으니

　지금도
　최인길 윤유일 주문모 강완숙이 순교한 피의 외침이
　몇백 년 가라앉고 갈앉아도
　귀 오므려 잘 들으면 잘 들리고 있으니
　박해의 뿌리였던 왕조가 다시 믿음의 잎을 피우니
　조선의 마지막

의친왕 이강 의친왕비 김숙은 '비오'와 '마리아'로
마침내 세례를 받으니
순교의 피가 다시 살아 승리했음을 알리다

누가 이런 역사를 이끌었나
마침내 모두 무릎을 꿇고 신앙의 한 입자로 뭉쳐 두
손을 높이 올리니
여기 긴긴 역사의 찢어진 상처와 멍을 껴안아 호호
불어 주시는 분
여기 계시니
구부러지고 휘어지고 절룩이고 삐뚤어지고 입 돌아
간 병신들
못나고 무식하고 가난하고 마음조차 찾지 못하는
사람들
눈 안에 들듯 작지만
안아 주고 보듬어 주는 사랑의 피가 도는 곳
믿음의 꽃 역사의 나무가 출렁이는 기적의 땅

가회동 성당

오늘도 배회하고 헤매고 그리운 것 찾다 지쳐 찾아
오는 사람
가회동 성당은
지금도 두 팔 벌려 우리를 기다리는 품이 넉넉하다

재 동 백 송 *

그 옛날 창덕여고
내가 처음으로 '선생님'이란 말을 듣던 교생 시절
인생이 철철 눈부심으로 차오르던 스물한 살
지금은 이름도 무거운 헌법재판소다

아침마다 산책길에 한 번 인사하고 귀가 시간에도
고개 숙이고 지나가는 백송 한 그루
저분이 우리나라 역사를 바라보면서도
그 흰빛을 잃지 않은 오직 대한민국의 빛
나무를 바라보면 왠지 고개 숙이고 마는 백송 한 그루

두 갈래로 나뉜 저 백송이 한반도의 지도를 만들었
는가

흰 호랑이의 흔적일까 오백 년 선비의 두루마기 옷
자락인가

왜 두 갈래로 뻗어

더 마음 아프게 하는 대한민국 백송

백의민족의 그 빛 하나로 뭉쳐

저 두 갈래가 한 아름 원이 되어 서로 만나는

하나의 뿌리를 여기서 보네

* 헌법재판소 안에 있는 수령 600년의 백송으로 천연기념물 8호

석 정 보 름 우물터 *

계동 골목길로 들어서서
만해당과 김성수기념관을 지나
중앙고등학교를 향해 오르다
귀를 잡아당기는
석정 보름 우물터 앞에 서 보라

가만히 서 있어도 머리 맑아지는
금방이라도 1794년 주문모 신부님이
이마에 성수를 뿌리실 것 같은
김대건 신부님이 선뜻 나타나 축원을 해 주실 것 같은
이 보름 우물터는
지금 우물 형태만 남아 있지만
지금도 성수聖水의 혼 깨우는 힘이 저릿하게 느껴지
는 곳

주문모 신부님이 조선 땅의 첫 미사 때 성수로 사용
한 이 우물은

아들을 얻고 싶은 사람의 소망을 들어주고
천주교 박해 때는 이 물이 써 마시지 못했다니
영험하여 우물 앞에 무릎을 꿇는 이 왜 없었겠는가

마음 제자리 있지 못할 때
주문모 신부님과 김대건 신부님에게 성수를 받는
간절함으로
보름 우물 앞에서 나는 마음을 씻는다

몇백 년이 지나도 지워지지 않는 그 우물 맛
오늘은 그 터 앞에서 참사랑의 무늬를 어루만지며
탁한 목을 적시네
곡진한 무릎이 울리네

물은 없지만 불의 마음은 남아
이리도 불이 제대로 타오르지 않는 내 신앙의 흉터를
가렵게 하는데

역사는 흘러가고

그 앞을 외국인들 떠밀리지만

그 명예 외롭게 터만 남은 석정 보름 우물터

＊ 주문모 신부와 김대건 신부가 우리나라 최초의 성수로 사용했던 우물이다.
물이 보름은 맑고 보름은 흐려 보름 우물터라 불렀다고 한다. 물이 영험하여 아
들을 낳는다 하여 인근 궁녀들도 마셨다고 전한다. 1987년 복원하여 덮개 덮인
마른 우물터로 잠들어 있다.

그 사람, 정세권 *

서울 종로구 가회동
31번지
한옥마을

지붕 위를 보니
꼬막 한 접시
잘 차려 놓았네

옛 조선의 풍취가
이러한가

다정함이 슬기가
지혜로움이 가히 가득하구나

버선코 매무새처럼
살짝 들어 올린 처마 선이
날렵하구나

나를 것도 같고
우아한 한복 여인 하나 걸어 나올 것도 같네

그런데
정세권이란 남자 한 분
흰 두루마기를 입고 걸어 나오시네
자신의 재물 다 바쳐 북촌의 한옥마을을 홀로 만드
신 그 남자
고문을 당하고 옥고를 치르면서도
일본 속 한국을 심으려는 의지가
바로 한옥마을이다

그는 갔지만
여기서
대한민국의 세계적
곡선이 애국이 의지가
잡힐 듯 아쉬운 듯 살아 있구나

정세권 그 남자

대한민국이 손 한번 뜨겁게 잡아야 하네

칼과 총이 아니라

전통의 문화를 기어이 남기겠다고

흰 두루마기 펄럭이는 한국 정신으로

그 외고집 하늘 찌른

애국심 앞에

큰절 한번 올려야 하네

* 1930년대 북촌에 대규모 한옥 주택을 만든 건설업자. 물산장려운동 예산 절
반을 대며 자립운동을 주도했고 신간회에 참여해 독립운동을 도왔다. 조선어
학회 건물을 희사하여 고문받고 재산을 다 뺏기기도 했다.

북 촌 8 경

사람에게 심장과 폐 간이 있듯
북촌에는 그렇게 귀한 장기처럼
8경이 있어요

돌담 너머로 창덕궁이 보이면
북촌1경이 시작되는데요
돌담길을 오르다 그 골목의 끝에는
왕실 사람들의 흔적을 보게 되는데요
그럼 북촌2경에 서 있게 되는데요

조금 돌아서면 한옥들이 보이고
북촌로12길이 열리면 북촌3경이지요
본격적으로 한옥이 한옥을 껴안고 있는 한옥 가족
이 보이고
이준구 가옥까지 보이면 북촌4경인데요

옹기종기 한옥마을의 한복판 가회동 내림이 되면

북촌5경이 됩니다

드디어 북촌 오름으로 한옥이 세상의 가장 큰 세상
으로 보이면

북촌6경이 되는데요

한옥에 취한 얼굴로 고즈넉한 골목으로 들어서서

북촌 사람들과 마음까지 통하면 7경이 되고

삼청로로 내려가는

돌계단 길로 들어서면 암반 조각 하나를 큰 스승으
로 만날 수 있는데요

거기가 북촌8경이랍니다

북촌8경은 서울의 숨 쉬는 장기 같은

대한민국의 심장이나 폐 같은

실핏줄 하나도 곱게 다스리는

바로 서울의 생명입니다

성모님의 옷자락

이른 새벽
목련 꽃잎 하나 같은 문 열고 어둠 한 가닥 당깁니다
잡고 보니 성모님의 옷자락입니다
검은 어둠을 당긴 것인데
푸르스름한 청색 옷깃입니다
만집니다 마십니다 끌어안습니다
순간 오늘 다시 태어난 미움과 증오가 술술 풀려 흐
릅니다

오늘 새벽에 태어난 미움과 증오는 아기 울음소리
를 냅니다
내 마음의 몸의 매듭들이 따라 웁니다
오후가 되면 미움과 증오도 나이가 듭니다
나이가 들기 전에 울음을 그치게 합니다

연한 새싹 같은 매듭들이 숨 쉴 때마다
말할 때마다 굵어집니다

근육이 굵어지는 시간마다 툭툭 튀어나오는
죄의 깃이 펄럭입니다
그때마다 허공을 잡아당깁니다
성모님의 옷자락이 잡힙니다

늦은 밤
청솔 가지 하나 누가 내 입술연지만 한 대문에 달아
놓았어요
나는 내내 안녕할 것입니다

잠들기 전 화해가 가능할 것 같습니다

간 절 함

그 무엇 하나에 간절할 때는
등뼈에서 피리 소리가 난다

열 손가락 열 발가락 끝에
푸른 불꽃이 어른거린다

두 손과 손 사이에
깊은 동굴이 열리고
머리 위로
빛의 통로가 열리며
신의 소리가 내려온다

바위 속 견고한 침묵에
온기 피어오르며
자잘한 입들이 오물거리고
모든 사물들이 무겁게 허리를 굽히며
제 발등에 입을 맞춘다

엎드려도 서 있어도

몸의 형태는 스러지고 없다

오직 간절함 그 안으로 동이 터 오른다.

심장이여! 너는 노을

저녁이 노을을 데리고 왔다
환희에 가까운 심장이 짜릿한 밀애처럼
느린 춤사위로 왔다

나는 그와 심장을 나눈 사이

닿을 듯 말 듯 불 같은 입술로 내 가슴께로
왔다 가면
나는 절반의 심장으로 차가운 밤을 노래한다
밤이 노을을 데리고 갔다
노여운 기다림을 온몸에 감고
캄캄한 휘장을 던지며 빠른 춤사위로 갔다

나는 그와 심장을 나눈 사이

노을에는 내가 활활 타오르고
나에겐 노을이 광기처럼 잠자는 울음을 깨운다

노을의 심장 위에 내 심장을 포갠다.

늙은 밭

늙은 밭에도 잡풀은 자란다
절반은 자갈이 들어박혀 수명 다해 가는 거친 밭에도
돌 사이를 비집고 잡풀이 자란다

이렇게 천둥이 치고 치는 밤
늙은 여자의 밭에도 이름 없는 바다의 해일이 쳐들어와
아무짝에도 소용없는 잡풀이 온몸을 덮어
회초리로 쳐도 죽지 않는 잡풀이 살 속을 흔들어
다만 누워 고요라도 암벽 타듯 끌어안으라 한다

어쩌다가 눈에 익은 배롱나무 한 그루
무슨 인연으로 천둥 낙뢰를 혼자 맞으며
방에서 새어 나간 마음 한 줄기
밤새 누가 울었는지 소나기 없었던 마당이 젖어 있다

다만 누워 어둠을 꼬아 사슬처럼 온몸에 두르니

누군가 이리 떼처럼 운다 바스라지듯 운다

얼마나 단단한 심장인가 하늘이 내려와 땅을 덮고
땅이 솟구쳐 하늘을 껴안는

늙은 밭에는 홀로 울음을 달래는
산 그림자가 산다.

깊은 골 심곡동

한 몇백 년 전
어느 전생에 한 번쯤 눈 맞춘 지붕이라도 있었을까
몇천 년 전 그 어느 전생에
몇 생애라도 지나 한 번쯤 오고 싶다고 다짐했을까
일흔도 훌쩍 지나 팔순 가까울 때
짐 싸 들고 오롯이 내 집이라고
먼 길 돌아 돌아 겨우 내 집에 들 듯

새끼들 우루루 끌고
늦은 저녁 제 집에 드는 개미 떼들 보고
침 발라 놓고 몇천 년 지난 것일까
나는 맨 꼬랑지에 서서
보따리 하나 이고 다 큰 자식들 뒤를 따르니
내 몸에 딱 맞는 옷 같은 집인가
깊은 골 묵주 하나씩 들고 식탁에 앉으니
은은한 빛 성모님이 계신 걸 알겠네
네 네 이렇게

모든 부족을 감사로 채우며
누리의 으뜸으로 끼리끼리.

망치

망치 하나면
내 생이 교정될 수 있었을까

팔순 정상이 저기쯤인데
나는 지금도 망치가 필요하다

한 번 내리치면 굽은 등이 펴지고 두 번 내리치면 아직도 시퍼런 감상으로 비를 맞고 거리에 서 있는 채송화 같은 감상의 두개골을 부숴 버릴 수 있는 망치

집을 팔아 정신의 근육 한 근 사고 싶은 날.

겨 울 들 판 을 건 너 온 바 람 이

눈 덮인 겨울 들판을 건너온 바람이
내 집 노크를 했다

내가 문 열지도 않았는데 문은 저절로 열렸고
바람은 아주 여유 있게 익숙하게 거실로 들어왔다

어떻게 내 집에 왔냐고 물었더니
여기 겨울 들판 아닌가요? 겨울 들판만 나는 바람이
라고 한다
이왕 오셨으니
따뜻한 차 한 잔 바람 앞에 놓았더니

겨울 들판은 겨울 들판만 마신다고 한다

말이 잘 통했다

처음인데 내 백 년의 삶을 샅샅이 잘 알고

겨울 들판을 물고 와 겨울을 더 길게 늘이고 있다

차가운 것은 불행이 아니라고
봄을 부르는 힘이라고 적어 놓고 갔다.

희 수 지 령 喜壽指令

허영을 불붙여 겸허를 데우리라

번뜩이는 과욕은 재 아래 두어라

감격도 절반으로 다스려

복도 줄여 받노라면

명인도 오르지 못한 가벼움에 들리라.

존재를 향한 사랑과 헌신의 서정적 정화

유성호(문학평론가, 한양대학교 국문학과 교수)

시간의 적층을 투과해온 순간을 보여주는 미학적 창

신달자 시선집 『저 거리의 암자』는 시인의 시력 60년이 오롯하게 담긴 예술적, 실존적 언어의 화폭으로 훤칠하게 다가온다. 이 선집은 시인의 온전한 대표작을 담은 정본 앤솔러지로서 한국 현대시사의 한 장관을 품은 역동적 빛으로 충일하다. 신달자 시를 이루는 양대 기둥인 사랑과 헌신의 정점을 드러내는 음역이 아름답게 구축된 미학적 결실인 셈이다. 1972년 박목월 선생의 추천으로 『현대문학』을 통해 시인으로 등단한 그는 이미 숙명여대 4학년 때인 1964년에 「환상의 방」으로 전봉건 선생이 발행하던 『여상』의 제1회 여류신인문학상을 받은 바 있다. 이때로부터 셈한다면 그의 시인으로서의 이력은 갑년甲年을 코앞에 두고 있다 할 것이다.

근원적으로 신달자의 시는 독백적 개별 발화의 속성을 띤다. 일차적으로 그는 자신이 살아온 지난 시간을 회감回感하는 데 진력하면서, 나아가 그 시간에 절대치에 가까운 의미를 부여하는 작업을 일관되게 수행해왔다. 오랜 시간이 남겨놓은 문양을 삶의 형식으로 환치해가는 그의 시선과 필치는 그 점에서 가장 중요한 서정시의 내질이 되어준다. 그렇게 시인은 자신의 기억에 기초한 시간예술로서의 서정시를 지속적으로 써감으로써 보편적 삶의 이법을 세워온 대가급 시인으로 우뚝하다.

물론 그의 시적 방법론은 전위적 실험 정신과는 거리가 멀다. 오히려 그는 생성과 소멸의 원리라는 고전적 질서를 따라 시를 쓰면서, 순간의 섬광을 통해 기억의 현상학을 섬세하게 구성해가는 과정을 보여온 시인이다. 우리는 그 순간의 신비에 동참하면서 특권적 감동을 경험하게 되는데, 이때 자신의 기억을 선연하게 현전하면서 그것을 구체적 감각으로 인화해온 신달자의 시는 시간의 적층을 투과해온 순간을 선명하고 아름답게 보여주는 미학적 창이 되어준다. 그 점, 한국 현대시의 역사에서 가장 찬연하고 순수한 서정시의 범례로 남을 것이다. 이제 그 사랑과 헌신의 서정적 세계 안으로 한 걸음씩 들어가보도록 하자.

—헌신의 마음으로 숙명을 건너가는 꿈길의 결정들

신달자의 초기 시는 선명한 이미지와 유려한 음악성을 결합하여 발화하는 절제된 기율로부터 출발했다. 첫 시집 『봉헌문자』(1973)에 실린 시편들은 구체적인 삶의 세목이나 사회 현실을 다루기보다는, 추상과 언어가 직조하는 일종의 모더니즘 경향을 강렬하게 보여준 성취이다. 시인은 객관적으로 존재하는 세계의 실상보다는 주관적이고 심리적으로 일고 무너지는 의식 세계를 우선적으로 형상화해 들려준다. 첫 시집으로부터 『겨울 축제』(1976)에 이르는 젊은 날의 여정은 이러한 기율을 완급 조절하면서 시인으로서의 원체험을 형성해주었을 것이다. 첫 시집에 실린 초기작 한 편을 읽어보자.

기성화를 샀다.
누굴 위해 만들어진지도 모르는 것에
순응하는
발

누구를 위해 마련된지도 모르는 길을
나의 집도 아닌
집으로

익숙하게 돌아가는
발

스스로를 헌신하여
상실되는
회수할 길 없는 흔적을 남기며

나의 방도 아닌
안개 서린 숲으로
고단한 몸을 옮기는
발

언제나 그것은 전진하나
차단된 상황에
허무의 거미줄을 친다.
부단히 치면서 그 줄 위를 걷는
발

지나간 시간의 흔적을 밟으며
집에 이르면
한 평짜리 현관 옆에
언제쯤 결별할지도 모르는

신발을

소중하게 벗어놓은
숙명의
발

그것은
봉사의 섭리로
어느 곳이든
말없이 질주한다.

— 「발1」 전문(『봉헌문자』)

　이 기념비적 작품은 '시인 신달자'의 존재론적 원형
을 선명하게 조감해준다. 1972년 2월 『현대문학』에 추천
완료된 작품으로서 이미 반세기 전에 쓰인 시편이다. 이
작품은, 첫 시집의 제목 '봉헌문자'처럼, 누군가를 향한
간절한 기구의 마음으로 짜여 있다. 시인은 누구를 위해
만들어진 줄도 모르는 '기성화'에 "순응하는 / 발"을 떠
올린다. 익명의 수많은 발을 환기하면서 "누구를 위해 마
련된지도 모르는 길"을 걸어 "나의 집도 아닌 / 집으로 /
익숙하게 돌아가는" 자신의 발도 아울러 생각해본다. 아
마도 자신은 "스스로를 헌신하여 / 상실되는 / 회수할 길

없는 흔적"속에서 생을 살아왔고, 고단한 몸을 옮겨주었 던 '발'은 그 헌신과 상실의 순간을 기억하고 있었을 것이 다. 때로 암담한 차단의 장벽에도 불구하고 '발'은 언제 나 전진하고 부단히 "허무의 거미줄" 위를 걸어왔던 것 이다. 그렇게 "지나간 시간의 흔적을 밟으며" 시인은 집 에 이르러서 "한 평짜리 현관 옆에 / 언제쯤 결별할지도 모르는 / 신발"을 두고 "소중하게 벗어놓은 / 숙명의 / 발"이라고 명명한다. 그 숙명을 견디면서 "봉사의 섭리" 로 걸어가던 '발'은 이제 한없는 질주의 주인공으로 등극 한다. 이처럼 '발'은 헌신과 봉사라는 신달자 고유의 상 을 넉넉하게 암시해준다. 초기 시에 줄곧 나오는 "씨앗을 껴안는 / 흙의 말씀"(「흙의 말씀」)처럼, "문이라는 문은 모 두 열고 있는 / 봄날의 오후"(「조춘」)처럼, 시인의 헌신과 정성이 다가오는 순간이 아닐 수 없다. 결국 '시인 신달 자'의 존재론적 원형은 정성스러운 헌신의 마음에서 발 원하여 천천히 그다음 세계로 이월해가게 된다.

제2시집 『겨울 축제』는 "사라져 어둠이 되는 / 한 방 울 물의 흔적"(「겨울 그 밤마다」)을 길어 올리는 시인의 정 성이 보다 더 성숙한 손길로 다가오는 순간을 담은 고백 록이다. "천 년을 길어도 남을 / 천연의 샘"(「손」)이 그 안 에서 잔잔하고 아름답게 솟구치고 있다. 겨울이라는 소 멸의 계절에 벌이는 역설의 축제를 통해 시인은 준열한

삶의 의지와 다짐을 토로할 수 있었을 것이다. 다음 시편
을 읽어보자.

> 창이 흔들릴 때마다
>
> 내 울음소리 들린다.
>
> 창을 열 때마다
>
> 문틈에 끼인 내 발목을 본다.
>
> 창의 그 가슴에 입김을 불면
>
> 오뉴월에도 풀지 못한 고드름이
>
> 하늘도 안 보이는
>
> 겨울 창에 맺혀 떨고 있다.
>
> 그 숙명의 흔들림.
>
> 외마디 소릴 지르는
>
> 창 너머 바람
>
> 내 등골을 식히는 심령의 바람
>
> 간밤 문틈에 치여 얼어붙은 마음
>
> 그 사연은 나의 육성으로
>
> 언제나 내 귀 안에 출렁인다.
>
> ─「겨울 노래」 전문(『겨울 축제』)

이 '겨울 노래'는 창이 흔들릴 때마다 들려오는 "내
울음소리"에서 시작한다. 창에 선연하게 어른거리는 "문

틈에 끼인 내 발목"이나 "오뉴월에도 풀지 못한 고드름"
이 겨울 창에 맺혀 떨고 있는 "숙명의 흔들림"으로 이어
진다. 신달자 초기 시에 자주 나오는 '숙명'이라는 어휘
는 그렇게 "내 등골을 식히는 심령의 바람"처럼 인간 실
존의 보편적 조건으로 다가온다. 그렇게 얼어붙은 마음
을 녹여가는 "나의 육성"으로 시인은 귀 안에 출렁이는
사연을 우리에게 건네고 있다. 아마도 겨울을 지나 봄이
오는 길목에서 시인은 울음이라는 조건에서 한없이 자
유로워지려는 열망을 '겨울 노래'라는 이름으로 부른 것
일 터이다. 첫 시집에서 보여준 '발'의 움직임으로 '겨울'
의 숙명을 건너가는 시인의 젊은 날이 선연하게 부조되
는 순간이다.

　　나아가 시인은 『고향의 물』(1982), 『모순의 방』
(1985), 『아가』(1986), 『아가 II』(1988), 『새를 보면서』
(1988) 등 1980년대를 관통해온 세계를 통해 구체적 삶의
세목을 호명하기 시작한다. 신달자 시가 모더니즘에서
다양한 서정성으로 전환하는 징후와 성취가 이 시기에
마련된 것이다. 특별히 제3시집 『고향의 물』에서는 "저
혼자 불이 되고 재가 되는 몸"(「말하는 몸」)과 "부활을 보
는 / 부활의 눈을 뜨는 / 아름다운 정점"(「부활의 눈」)을
노래한다. 소멸을 통한 신성한 부활에 이르는 서사를 아
름답게 구축해간 것이다.

나무들이 겨울을 가누고 서 있었다.
먼지마저 꺼멓게 얼어붙은 산길에
허기진 듯 바람들이 달겨들었다.

계곡의 물 하얗게 얼어
발길 멈추고
마른 잎으로 몸을 가린 산들이
깊게 겨울 안에 갇혀 있었다.

겨울산으로 내 마흔의 겨울 끌고
불현듯 찾아간
내 어머니 산소
한 차례 센 바람이 가지를 부러뜨리고
어머니를 부르는 내 쉰 목소리도
둔하게 부러져 찬바람이 되었다.

이것인가
고개 떨구는 시선마다 겨울이 깊어 가고
누구의 슬픔인가 아직 끝나지 않은
울음 바람결에 들려왔다.

산이 산이나 바라보며 서 있고

죽은 나뭇가지 위에

흰 구름 하나 멀어지고 있느니

생전에 근심이던 딸 기척에

어머니는 백골로도

내 발길 돌리시는가

발길마다 빈 들이 열리고

어둠은 살아갈수록 짙기만 한데

내 눈물 발자국 모두 거둘 수 있다면

어머니 무덤 잠재우고

설 자리 없는 쓰라린 일상으로

다시 돌아가야겠다.

바람은 더 큰 바람 만들어

알 수 없는 곳으로 불려 가고

인간의 종말과 자연의 생명을

무리 없이 거느린 산

공동묘지 겨울해가 일찍 하산하고

있었다.

─「겨울 성묘」 전문(『고향의 물』)

이 시편은 바람 세찬 결빙의 겨울 산을 배경으로 하

여 "마흔의 겨울 끌고 / 불현듯 찾아간 / 내 어머니 산소" 를 다루고 있다. 겨울 성묘에 따라붙는 것은 놀랍게도 찬 바람이 되어버린 "어머니를 부르는 내 쉰 목소리"이다. 슬픔 끝나지 않은 울음이 바람결을 통해 들려오는 깊은 겨울, 시인은 생전에 딸 근심으로 사시던 어머니의 기척 을 들으면서, 눈물과 발자국을 모두 거둘 수만 있다면 "어머니 무덤 잠재우고" 일상으로 다시 돌아가리라 마음 먹는다. 그렇게 "인간의 종말과 자연의 생명을 / 무리 없 이 거느린 산"에서 해가 질 무렵 시인의 시선과 발길도 지상으로 내려오고 있었던 것이다. 그렇게 시인은 소멸 의 징후를 보이는 겨울 산에서 어머니의 환청을 통해 일 상의 힘을 얻는 소생의 과정을 노래하고 있다. 그리고 제 4시집 『모순의 방』에서는 제자리를 찾아가는 차분한 관 조의 미학을 통해 사랑으로 나아가는 상상적 질서를 산 뜻하게 보여주게 된다.

　　오늘 나는 너의 벗으로 돌아왔다.
　　태풍에 휩쓸려 무너질 것 다 무너지고 서슬 푸르게 뻗 어가던 욕망의 가지 다 꺾이고 부끄러울 곳도 가릴 것 없이 다 벗겨져 돌아왔다.
　　광야여 손 잡아다오.
　　오늘 나는 더 어두울 수 없는 어둠으로 더듬거리지 않

고 돌아와 빈 들판으로 누운 너의 살이 되려 한다.

무너질 것 다 무너진 속살의 흐느낌 풀어 너의 발끝을 씻으며

너의 안에서 끝내 허물어지지 않는 집을 짓고 짓다 허문 나의 꿈을 바라보고자 한다.

내가 사모하던 꿈을 꿈의 먼 나라에서 바람에게 전해 들으며 광야의 큰 가슴으로 큰 귀로 땅에 엎디어 수 세기를 지나도록 전해 듣고자 한다.

나보다 먼저 돌아와

광야가 된 나의 영혼이여.

—「광야에게」 전문(『모순의 방』)

이제 시인은 '광야'를 향하여, 마치 광야가 광대무변의 모습으로 누워 있는 것처럼, 자신도 그렇게 무너질 것 다 무너지고 욕망의 가지까지 다 꺾인 채 부끄러울 곳도 가릴 것 없이 다 벗겨져 돌아왔다고 선언한다. 그리고 새롭게 광야의 벗이 되어, 그의 손을 잡고, 자신의 꿈을 바라보고자 한다. "사모하던 꿈을 꿈의 먼 나라에서 바람에게 전해 들으며" 광야의 큰 가슴처럼 새롭게 자신을 세워 가는 시간으로 귀환하려는 시인의 의지가 참으로 견고하고 충일하다. 그렇게 시인은 거친 광야의 숨결을 품고 넘으면서 사랑의 꿈을 꾸기 시작한 시간을 『모순의 방』

안에 펼쳐놓는다. 그러한 사랑의 마음은 자연스럽게 다음 시집들로 이월해간다.

그리고 제5시집 『아가』(1986)와 제6시집 『아가 Ⅱ』(1988)는 제목 그대로 사랑의 노래집이다. 시인은 여기서 사랑하는 마음과 부활의 시간을 노래한다. 단 한 번만 켤 수 있는 심장의 불로 "사랑은 / 상처를 키우는 일 / 상처를 꽃피우는 일 / 상처를 나누는 일"(「아가 58」)임을 우리에게 전하는 그는 어느새 사랑의 전령사로 몸을 바꾸어간다. 아직도 사랑을 향한 첫발의 떨림으로 설레고 있을 시인의 사랑 노래를 들어보자.

> 그대는 물 위를 걸어온다
> 나도 물 위를 걸어간다
>
> 우리가 물 위에 마주 섰을 때
> 하늘에서 한 줄기 빛이 내리고
> 천사의 음성이 들려왔다
>
> 이제야 너희는 만났다
>
> 그 순간
> 곳곳에서 기적이 일어나고

불시에 길고 긴 나의 지병이

씻은 듯 나았다

지금껏 비어 있던

나의 광주리에

서기瑞氣가 돌고

넘치게

바다를 담고도

흘릴 것 같지 않았다.

—「아가 1」 전문(『아가』)

'아가雅歌'라는 연작 첫 편에서 시인은 "그대는 물 위를 걸어온다 / 나도 물 위를 걸어간다 // 우리가 물 위에 마주 섰을 때 / 하늘에서 한 줄기 빛이 내리고 / 천사의 음성이 들려왔다 // 이제야 너희는 만났다 // 그 순간 / 곳곳에서 기적이 일어나고 / 불시에 길고 긴 나의 지병이 / 씻은 듯 나았다 // 지금껏 비어 있던 / 나의 광주리에 /서기瑞氣가 돌고 / 넘치게 / 바다를 담고도 / 흘릴 것 같지 않았다". 이처럼 사랑의 길을 걸으면서 시인은 아름다운 노래를 이어간다. 신달자 시의 핵심에 사랑의 마음이 지극한 중심을 형성할 수 있었던 것도 이러한 서기가 이끌어 준 힘 때문이었을 것이다. 나아가 시인은 제7시집 『새를 보면서』에서 신神이 아니면 켤 수 없는 빛을 노래하는데, "흰 동정에 어리는 / 이 땅의 빛 / 솔기마다 뿜어나오는 / 이 땅의 시"(「잔설을 이고 선 소나무」)를 천천히 우리에게 건넨다.

　　여기까지가 신달자 시인의 전반기 생애를 개관한 결과이다. 시인은 지상에서 천천히 사라져간 존재자들에 대한 기억을 통해 그러한 시간을 되돌릴 수 없다는 그리움의 정서를 노래한다. 어쩌면 신달자에게 그리움의 힘이란 인간 존재를 그대로 담아내는 정신 운동이라고 해도 지나친 말이 아닐 것이다. 그만큼 시인은 지난 시간을 호명하면서 그리움의 힘으로 그 근원을 탐색해간다. 헌신과 숙명과 사랑의 서사가 그렇게 아름다운 결정으로 그의 초기 시를 비추고 있다. 결국 시인은 잃어버린 세계를 탈환해가는 사랑의 언어를 통해, 제1시집에서 제7시집에 이르는 초기 면모를 구현해왔다. 물론 이러한 사랑의 언어는 신달자의 후기 시학을 이미 잉태한 미학적 결실이었다고 말할 수 있을 것이다.

중기 시의 세계
―상처를 치유하고 넘어서는 지극한 사랑의 노래

1990년대 이후 시인은 제8시집 『시간과의 동행』(1993),

제9시집 『아버지의 빛』(1999), 제10시집 『어머니, 그 삐뚤삐뚤한 글씨』(2001) 등을 균질성 있게 상재했다. "아버지 지나가신 / 저 순백의 길 / 저 지극 혼신의 빛"(「아버지의 빛 3」)과 "어머니의 손끝을 거쳐 / 어머니의 가슴을 훑어 간"(「낙엽송」) 시간들은, 이러한 흐름 속에서 단연 빛을 뿌리는 신달자 특유의 존재론적 기원에 대한 기억의 도록이다. 이 시집들에서 그는 육친의 상실로 인한 아픔과 그분들에 대한 오랜 기억의 서사를 하나하나 풀어가면서, 정직한 자기 탐색과 새로운 삶을 향한 힘겨운 고백을 우리에게 선보인다. 그러나 그가 정성스레 행한 그 탐색과 고백의 과정이 밝고 활달한 정서에서 이루어진 것은 결코 아니다. 오히려 그 저류에는 어둑한 죄책감과 깊은 회한이 드리워져 있는데, 이처럼 자기 고백과 내적 침잠의 고통스러운 과정을 통해 그는 자신의 생의 길목마다 흩뿌려져 있던 깊은 내상들과 조우하면서 그 등가물들을 시적으로 포착하고 형상화했던 것이다.

인사동 상가에서 싼값에 들였던
백자 등잔 하나
근 십 년 넘게 내 집 귀퉁이에
허옇게 잊혀 있었다.
어느 날 눈 마주쳐 고요히 들여다보니

아직은 살이 뽀얗게 도톰한 몸이

꺼멓게 죽은 심지를 물고 있는 것이

왠지 미안하고 안쓰러워

다시 보고 다시 보다가

기름 한 줌 흘리고 불을 켜 보니

처음엔 당혹한 듯 눈을 가리다가

이내

발끝까지 저린 황홀한 불빛

아 불을 당기면

불이 켜지는

아직은 여자인 그 몸.

　　　—「등잔」전문(『아버지의 빛』)

　　시인은 인사동 상가에서 "백자 등잔 하나"를 샀다.
십 년 넘게 집 한 귀퉁이에서 잊혀져갔던 그 존재는 어느
날 문득 시인의 눈길에 들어왔는데, 그것을 고요히 들여
다보니 "살이 뽀얗게 도톰한 몸"과 "꺼멓게 죽은 심지"가
보이는 게 아닌가. 미안하고 안쓰러워 기름 넣고 불을 켜
니 그 등잔은 "당혹한 듯 눈을 가리다가 / 이내 / 발끝까
지 저린 황홀한 불빛"을 쏟는다. 그렇게 "불을 당기면 /

불이 켜지는" 등잔을 통해 시인은 그 안에서 "아직은 여자인 그 몸"을 발견한다. 등잔이 자기 발견의 매개가 되어준 것이다. 생의 길목마다 흩뿌려져 있던 자기 자신과의 조우가 이렇게 아득하게 이루어진 것이다.

이어서 신달자 시인은 제11시집 『오래 말하는 사이』(2004)와 『열애』(2007)에서 자신의 몸속에 오랫동안 축적해온 고통의 시간들에 대한 성찰과, 그 고통을 넘어 새로운 삶의 기율을 마련하려는 의지를 함께 담아낸다. 드디어 신달자의 시는 시인 스스로 자신의 내면을 응시하는 관조와 침잠의 결과로 나아간다. 이 같은 관조와 침잠을 통해 시인은 자신이 살아온 삶의 고통스러운 흔적들을 발견하고 있는데, 대부분 그것은 자신의 '몸'속에 있는 기억들을 찾는 데서 이루어진다. 그러한 자기 탐색의 과정은 가장 혹독했던 기억을 되살리면서 동시에 그것을 치유하는 의미를 띤다. 이러한 균형과 긴장이 이 시인을 절망의 심연 쪽이 아니라 궁극적으로 생의 역설적 희망 쪽으로 오게 한 근본적인 힘일 것이다. 특히 『오래 말하는 사이』는 말을 숨긴 이로서 수행하는 묵상의 결과로 우리에게 다가온 시집이다.

영하 20도
오대산 입구에서 월정사까지는

소리가 없다

바람은 아예 성대를 잘랐다

계곡 옆 억새들 꼿꼿이 선 채

단호히 얼어 무겁다

들수록 좁아지는 길도

더 단단히 고체가 되어

입 다물다

천 년 넘은 수도원 같다

나는 오대산 국립공원 팻말 앞에

말과 소리를 벗어놓고 걸었다

한 걸음에 벗고

두 걸음에 다시 벗었을 때

드디어 자신보다 큰 결의 하나

시선 주는 쪽으로 스며 섞인다

무슨 저리도 지독한 맹세를 하는지

산도 물도 계곡도 절간도

꽝꽝 열 손가락 깍지를 끼고 있다

나도 이젠 저런 섬뜩한 고립에

손 얹을 때가 되었다

날 저물고 오대산의 고요가

섬광처럼 번뜩이며 깊어지고

깊을수록 스르르 안이 넓다

경배드리고 싶다

— 「침묵피정 1」 전문(『오래 말하는 사이』)

'피정避靜'이란 일상생활에서 벗어나 수도원 같은 곳에 가서 조용히 자신을 살피고 기도하며 지내는 일을 말한다. 시인은 '침묵'을 통해 피정의 과정을 수행하고 있는데, 그 침묵의 장소는 소리도 없는 "영하 20도 / 오대산"이다. 계곡 옆 억새들도 단호하게 서 있고 단단해진 길도 입을 완전히 다물었다. "천 년 넘은 수도원"처럼 오대산은 시인으로 하여금 생명과도 같은 "말과 소리"를 벗어놓고 걷게끔 해주었다. 그렇게 "지독한 맹세"와 "섬뜩한 고립"에 손을 얹으면서 시인은 "오대산의 고요"를 섬광처럼 맞이한 것이다. 그 침묵에 경배드리면서 '피정'에 나선 시인의 모습은 혹독했던 기억을 되살리면서 동시에 그것을 치유하는 과정을 담은 것이었을 터이다.

한 개의 손만 더 있으면 좋았지
두 개의 손으로는 그 짐을 다 들 수가 없었어
몸이 덥고 아직은 여리고 곱던
서른다섯의 나이에
이미 두 개의 손이 다 닳아
조막손이 되고

나는 내 조막손을 만든 운명에게

무릎 꿇고 빌었지

내 조막손이 싹이 돋아

세 개의 손을 네 개의 손을 열 개의 손을

틔워주기만 하라고

그러면 다시 조막손이 될 때까지

내 발밑의 뿌리처럼 엉긴

못난 인연들을 위해 닳도록

문지르며 가루가 되겠노라고

아 그 시절 직지사 대웅전에서

만난 괴이한 보살 하나

눈이 천 개가 달린 천 개의 손을 가진

그 보살은 이글이글 천 개의 태양으로

내 가슴에 떠올랐지

눈을 떠봐!

가슴으로 눈을 뜨면 천 개의 손이 몸에서 솟아나고

천 개의 손에서 천 개의 눈이

맑고 빛나게 열려

다 닳은 몸에

광대한 숲 하나 들어와 앉았지

앉은뱅이 재기再起가

꿈틀꿈틀 조막손에

푸른 물결로 출렁이고 있었지

　　　―「천수 천안 보살」전문(『오래 말하는 사이』)

　　시인은 자신의 '손'을 소재로 하여 지나온 시간을 재
배열하고 있다. 그 과정에는 천수千手 보살처럼 손이 더
있었더라면 삶의 짐이 가벼워지지 않았을까 하는 깊은
회한이 담겨 있다. 두 개의 손으로는 삶의 짐을 다 들 수가
없어 "서른다섯의 나이에 / 이미 두 개의 손이 다 닳아 /
조막손"이 되어버린 과정은 시인 자신이 겪은 고통을 그
려낸 것일 터이다. 그래서 시인은 바로 그 "조막손을 만
든 운명"에게 무릎 꿇고 빌었다. 조막손이 싹이 돋아 여
러 개의 손을 틔워주기만 하라고, 그러기만 한다면 다시
조막손이 될 때까지 못난 인연들을 위해 문지르며 가루
가 되겠노라고 말이다. 여기서 두 손이 다 닳아버린 사정
과 새로운 조막손으로 거듭나고자 하는 열망은 시인이
치러온 고통이 얼마나 질기고 완강한 것이었는가를 암
시해준다. 시인은 예전에 한 번 보았던 "눈이 천 개가 달
린 천 개의 손을 가진 / 그 보살"을 환하게 떠올리면서,
보살의 모습이 "천 개의 태양으로" 가슴에 떠오르는 것
을 느낀다. 그것이 가슴에 떠올랐을 때 천 개의 손이 몸에
서 솟아나고 천 개의 눈이 맑고 빛나게 열리는 순간을 경

험하게 된다. 그 과정을 일러 시인은 "앉은뱅이 재기再起가 / 꿈틀꿈틀 조막손에 / 푸른 물결"로 출렁이고 있었다고 말한다. 이처럼 "푸른 물결"로 출렁이는 조막손의 상상적 형상은 시인이 고통과 화해하면서 그것을 치유하려는 열망을 얼마나 강렬하게 가지고 있는지를 보여준다. 그렇게 시인은 "다시 / 새 천년을 잉태하는 푸르른 여자"(「아리수 사랑」)로 태어나고 있었던 것이다.

그런가 하면 『열애』는 고통을 넘어 새로운 삶의 기율을 '사랑'의 에너지로 생성해가려는 시인의 외지기 오롯이 빛을 내는 미학적 성과이다. 그의 시가 지켜온 기율, 곧 삶의 통증을 사랑의 힘으로 치유하고 다스려온 역정이 다시 한번 정직한 자기 탐색과 새로운 삶을 향한 힘겨운 고백으로 이어진 것이다. 시인이 자신의 생의 길목마다 흩뿌려져 있던 깊은 내상들과 만나면서 그 상처의 등가물들을 시적으로 포착하고 형상화한 결과, 곧 상처에서 사랑으로 나아가는 도정을 아름답게 보여준다. 그런가 하면 시인은 이 시집에서 삶의 주변부로 밀려나 있는 타자들에 대한 사랑과 연민을 줄곧 표현한다. 그의 시선이 시대의 주류로부터 일정하게 원심력을 부여받은 존재들로 한결같이 향한 것이다. 이렇게 그의 시는 자신의 내면에 흔적으로 남아 있는 상처의 표지標識를 기록하면서도, 동시에 세상 사람들의 그늘의 미학을 만들어내고 있다. 그래서 그는 자신이 살아온 시간을 깨닫고 기억하고 반영하는 데 머무르지 않고, 그 세계를 해석하고 판단하면서 정신과 태도에 대해 그리고 궁극적으로 근원적 생의 형식에 대해 물은 것이다. 다음은 어떠한가.

사나운 소 한 마리 몰고
여기까지 왔다
소몰이 끈이 너덜너덜 닳았다
골짝마다 난장 쳤다
손목 휘어지도록 잡아끌고 왔다
뿔이 허공을 치받을 때마다
뼈가 패었다
마음의 뿌리가 잘린 채 다 드러났다
징그럽게 뒤틀리고 꼬였다
생을 패대기쳤다
세월이 소의 귀싸대기를 때려 부렸나
쭈그러진 살 늘어뜨린 채 주저앉았다 넝마 같다
핏발 가신 눈 끔벅이며 이제사 졸리는가
쉿!
잠들라 운명.

— 「소」 전문(『열애』)

신달자 시인은 자신의 몸속에 소 한 마리 끌고 온 생애를 고백한다. "사나운 소 한 마리"는 시인의 몸속에서 난장을 치면서 뿔로 허공을 치받아 손목은 휘어지고 뼈는 패고 "마음의 뿌리"도 잘린 채 다 드러나버렸다. 여기서 "사나운 소 한 마리"는 시인 스스로 가지고 살아온 내면의 격정을 의미하기도 하고, 시인을 혹독하게 억압하면서 상처를 준 세상을 비유하기도 한다. 그토록 생을 패대기쳐 넝마처럼 너덜너덜해진 시간 속에서, 시인은 "핏발 가신 눈 끔벅이며 이제사 졸리는" 황혼의 세월을 느끼고 있다. 마지막으로 "쉿! / 잠들라 운명."이라고 마무리하는 과정에서 시인은 그의 몸이 얼마나 심한 격정으로 얼룩졌는가를 온전하게 들려준다. 그 결과 시인은 외상이 아닌 삶의 깊은 내상을 발견하고, 그것은 자신의 내면 때문에 생겨난 생의 결과임을 우리에게 전해준다. 이러한 반성적 시선은 시인 자신의 몸속에서 상처의 풍경을 발견하게끔 하기도 하고, 나아가 그것을 치유할 수 있는 계기를 알아가게끔 해주기도 한다. 그래서 몸속의 고통에 대한 기억과 그것의 치유 과정은 신달자 시인이 가장 치열하게 치러낸 세계내적 존재로서의 행동적 기반이라고 할 수 있을 것이다.

어둠 깊어 가는 수서역 부근에는

트럭 한 대분의 하루 노동을 벗기 위해

포장마차에 몸을 싣는 사람들이 있습니다

주인과 손님이 함께

야간 여행을 떠납니다

밤에서 밤까지 주황색 마차는

잡다한 번뇌를 싣고 내리고

구슬픈 노래를 잔마다 채우고

빗된 농담도 잔으로 나누기도 합니다

속풀이 국물이 짜글짜글 냄비에서 끓고 있습니다

거리의 어둠이 짙을수록

진탕으로 울화가 짙은 사내들이

해고된 직장을 마시고 단칸방의 갈증을 마십니다

젓가락으로 집던 산낙지가 꿈틀 상 위에 떨어져

온몸으로 문자를 쓰지만 아무도 읽어 내지 못합니다

답답한 것이 산낙지뿐입니까

어쩌다 생의 절반을 속임수에 팔아 버린 여자도

서울을 통째로 마시다가 속이 뒤집혀 욕을 게워 냅니다

비워진 소주병이 놓인 플라스틱 작은 상이 휘청거립니다

마음도 다리도 휘청거리는 밤거리에서

조금씩 비워지는

잘 익은 감빛 포장마차는 한 채의 묵묵한 암자입니다

새벽이 오면

포장마차 주인은 밤새 지은 암자를 거둬 냅니다

손님이나 주인 모두 하룻밤의 수행이 끝났습니다

잠을 설치며 속을 졸이던 대모산의 조바심도

가라앉기 시작합니다

거리의 암자를 가슴으로 옮기는 데

속을 쓸어내리는 하룻밤이 걸렸습니다

금강경 한 페이지가 겨우 넘어갑니다

　　　　　—「저 거리의 암자」전문(『열애』)

　　이번 시선집의 표제작인 이 아름다운 시편은 일상
의 도심 거리에서 발견하는 성소聖所로서의 '암자'를 은유
하고 있다. 어두워지는 수서역 부근에 있는 포장마차에
서 사람들은 하루 노동을 벗고 새로이 야간 여행을 떠난
다. 사람들은 "잡다한 번뇌"와 "구슬픈 노래"와 "빗된 농
담"을 풀어가면서 "해고된 직장을 마시고 단칸방의 갈증
을" 마신다. 생의 아픔을 토해내는 이들에게 "잘 익은 감
빛 포장마차는 한 채의 묵묵한 암자"인 셈이다. 새벽이
오면 모두 하룻밤의 수행이 끝나게 되고, "거리의 암자를
가슴으로 옮기는 데 / 속을 쓸어내리는 하룻밤"이 걸리
고 나면 "금강경 한 페이지가 겨우 넘어"간다. 그렇게 '저
거리의 암자'에서 치러내는 수행을 통해 우리는 어느새
성속聖俗이 하나가 되는 과정을 경험하게 된다. 이 또한

시인이 치열하게 치러내는 존재론적 지향이 반영된 과
정이었을 것이다.

너무 늦게 왔다

정선 몰운대 죽은 소나무
내 발길 닿자
드디어 마지막 유언 같은 한마디 던진다
발아래는 늘 벼랑이라고
몸서리치며 울부짖는 나에게
몇몇백 년
벼랑 위에 살다 벼랑 위에서
죽은 소나무는
내게
자신의 위태로운 평화를 보여 주고 싶었나 봐
죽음도 하나의 삶이라고
하나의 경건한 침묵이라고 말하고 서 있는
정선 몰운대 죽은 소나무
서 있는 나무 시체는
죽음을 딛고 서서
따뜻하고 깊은 목숨으로
내 마음에 돌아와

앞으로 다시 몇몇백 년

벼랑 위의 생을 다짐하고 있다.

—「벼랑 위의 생」전문(『열애』)

　　그렇게 신달자 시의 격정과 상처는 사랑과 치유의
방향으로 들어선다. 시인은 그 길에 "너무 늦게 왔다"고
말하지만 이렇게 늦게 도착한 사랑과 치유의 길일지라
도, 거기서 시인은 이제 격정과 사랑이 한 몸이고 상처와
치유의 생이 다르지 않다는 것을 온몸으로 깨닫는다. 그
시선의 연장선상에서 삶과 죽음도 어느새 한 몸이 될 것
을 예감하는 것이다. 그것을 시인은 "정선 몰운대 죽은
소나무"에서도 본다. 그 소나무는 "마지막 유언 같은 한
마디"를 시인에게 던지는데, 그것은 "발아래는 늘 벼랑"
이라는 전언을 담고 있다. 스스로 "몇몇백 년 / 벼랑 위에
살다 벼랑 위에서 / 죽은 소나무"가 자신의 위태로운 평
화 속에서 삶과 죽음이 통합되어 있고 죽음이 하나의 "경
건한 침묵"이라고 들려주고 있는 것이다. 그 침묵 속에
공존하고 있는 벼랑의 위태로움과 오롯한 경건의 풍경
이 신달자 시가 가진 긴장의 핵심을 구성하고 있다. 그래
서 신달자의 시는 "죽음을 딛고 서서 / 따뜻하고 깊은 목
숨으로" 나아가게 된 것이다. 그렇게 "벼랑 위의 생을 다
짐"한 시인은 삶과 죽음을 한 몸으로 결속한 심미적 풍경

에 다다르게 된다.

　　바다를 건너왔지

　　바다에서 바다로 청람빛 갈매 속살에 짓이겨지면서
　　그 푸른 광야를 헤엄쳐 왔지
　　허연 이빨 앙다문 파도가 아주 내 등에서 살고 있었어
　　성깔 사나운 바다였다
　　내 이빨 손톱 발톱을 다 바다에 풀어 주었다
　　바다를 건너기 위해서는 단단한 것을 버리고
　　바다와 몸 섞지 않으면 안 된다
　　물을 따르기만 했는데 팔뚝 굵어진 여자
　　망망대해의 질긴 심줄이 등으로 시퍼렇게 몰렸다
　　드디어
　　암벽화처럼 푸른 지도가 내 등 위에 그려지고 있었어
　　내 등에 세상의 바다가 다 올려져 있더군
　　몇만 겹줄을 벗겨 내도 꼼짝 않는 바다
　　바다를 건너와서도 내려지지 않았다
　　시퍼렇게 시퍼렇게 바다를 걷어 내어
　　지상의 돛으로나 우뚝 세우고 싶은
　　내 몸에 파고든 저 진초록 문신.

　　—「등 푸른 여자」 전문(『열애』)

369

바다를 건너온 '등 푸른 여자'는 성깔 사나운 바다를 헤엄쳐 오다가 바다의 심줄이 등을 푸르게 물들이고 결국에는 "암벽화처럼 푸른 지도"가 등 위에 그려지게 되었다. "몇만 겹줄을 벗겨 내도 꼼짝 않는 바다"는 그렇게 시인의 실존적 삶의 장소가 되어준 것이다. 푸른 광야를 헤엄쳐 단단한 것을 버리고 바다와 몸을 섞으면서 망망대해의 질긴 심줄을 등으로 새긴 여자야말로 '시인 신달자'의 실존적 모습을 담고 있지 않겠는가. 그리고 등에 세상의 바다가 다 올려져 있음을 발견하는 순간, 시인은 온갖 세상의 상처와 통증이 "내 몸에 파고든 저 진초록 문신"처럼 몸을 점령하고 있음을 알게 된다. 그 문신은 오랜 세월 상처로 멍들어버린 시인 자신을 환기하기도 하고, 생명력의 극치인 푸른색으로 그 상처를 넉넉히 극복해가는 야성의 여성성을 보여주기도 한다. 이래저래 '등 푸른 여자'는 시인을 비유하고 환기하는 지표로 남을 것이다.

애야 일어나라
어머니 말씀 하나 그대로 상하지 않고 담겨 있다
몇천 번 꺼내 들어도
다시 그대로 더 싱싱해지는 말씀
왕창 무너지는 모진 강풍에도 끄떡없이

몸 안에 묻혀 있던 독

독이 또 하나의 독을 만들며

또 하나의 독이 다시 또 하나의 독으로 불어나

강풍을 밀어내던 목소리

그 말씀 더 진하게 발효되어 온몸을 울리는

깊은 항아리

바람이 숱한 세월을 밀고

귓전을 칼바람으로 스쳐 지나가지만

얘야 일어나라

볕살 좋은 곳에 오늘은 뚜껑 열어 두고

항아리마다 담긴 말씀을 푸욱 익히는

내 몸의 장독대여.

— 「귀」전문(『열애』)

"얘야 일어나라"는 어머니 말씀은, 신약성경 마가
복음에 나오는 '달리다굼소녀여 일어나라!'의 일화를 연상케
한다. 어머니는 성경의 예수님처럼 시인의 삶의 기로마
다 "얘야 일어나라"는 말씀을 상하지 않고 전해주셨다.
그래서 그 말씀은 시인의 마음의 독 안에 잘 들어 있게 되
었다. 그 말씀은 "몇천 번 꺼내 들어도 / 다시 그대로 더
싱싱해지는 말씀"이 되어 시인으로 하여금 "무너지는 모
진 강풍에도 끄떡없이" 살게끔 해주었다. 그런데 그 몸 안

에 묻혀 있던 독은 스스로 다른 독을 생성시키며 시인의 몸속으로 퍼져간다. 여기서 독은 '항아리'와 '독毒'을 동시에 연상시키면서 "더 진하게 발효되어 온몸을 울리는 / 깊은 항아리"가 되기도 하고, 몸속으로 퍼지는 은은한 독성毒性의 말씀이 되기도 한다. 그 신성한 말씀the Words은 "내 몸의 장독대"에 담겨 시인이 걸어가야 할 삶의 지남指南이 되어준 것이다.

여기까지가 신달자 시학의 가운데 시기라고 할 수 있을 것이다. 그 중심에는 상처를 치유하고 넘어서는 사랑의 마음이 농울치고 있다. 또한 시인 지신에 대한 딤색과 성찰, 자신을 가능하게 해주었던 원형적 시간을 찾아가는 자기 확인 과정이 담겨 있기도 하다. 시인은 오래고 오랜 기억을 통해 그러한 과정을 하나하나 풀어간다. 말할 것도 없이 그 과정은 지난 시간에 대한 사실적 재현이 아니라 주체의 현재적 욕망에 의해 선택되고 재구성된 갈망에 바탕을 두고 있다. 그때 비로소 신달자만의 가장 푸르고 아름다운 치유의 과정이 이루어지게 되는 것이다.

—삶의 신비와 경이에 대한 투명하고 간절한 시선

이제 신달자 시인의 후기 성과라고 할 수 있는 『종이』 (2011), 『살 흐르다』(2014), 『북촌』(2016), 『간절함』(2019) 의 세계로 들어가보자. 이때 시인은 자신의 내면을 응시 하는 관조와 침잠의 결과를 최대의 국량局量으로 보여주 는데, 깊은 관조와 침잠을 통해 자신이 살아온 삶의 고통 스러운 흔적들을 발견하면서 그것들을 자신의 기억 속 에 있는 사람과 시간과 장소에 위치시켜간다.

제13시집 『종이』는 "종이의 심장에 사람의 심장이 / 닿는 순간"(「예술혼」)을 노래한 일종의 테마 시집이다. 이 시집은 '종이'의 기원으로 시작하여, 글과 삶이 하나 였던 보르헤스의 삶까지 다채롭게 종이와 관련한 역사 를 담아낸 결실이다. 이 시집에서 모든 사유와 감각은 '종이'로 수렴된다. 하얗게 비어 있고, 그 자체로는 무엇 인가를 느끼기 어려운 종이에 시인은 시종 살아 움직이 는 감각적 이미지와 시적 함의를 부여한다. 자연의 모든 것에서 종이를 노래하는 그의 시편에는, 이처럼 사라져 가는 신성한 가치에 대한 안타까움이 강렬하게 들어 있 다. 시인은 종이의 오래고도 질긴 정신이 사라져가는 위 기를 그렇게 노래한 것이다. 이 전작 시집에서 시인은 '종이'라는 상징을 다양하게 변주하면서 아날로그식의 사유와 표현의 방식이었던 '문자'를 적극 발굴하고 칭송한다. 그에게 종이의 죽음은 곧 인간의 소중한 가치들이 사라지는 것과 같기 때문이다. 그러나 "이 시집은 인간의 따뜻한 본성을 그리워하고 그 본성을 되찾아 보려는 한 톨의 씨앗"(「시인의 말」)이라는 말처럼, 시인은 인간 본성의 따뜻함에 대한 믿음만은 거두지 않는다. 시인은 "종이가 사라진다는 목소리"를 거슬러 "인간의 선한 본성, 그 아름다움"을 종이라는 사물을 통해 하나하나 복원하려 한다. 그 복원의 대상은 "따뜻함, 영원함, 영성적 노동, 가득함, 화합, 평화, 사랑, 모성, 순수, 고향, 우직함, 이런 충돌 없이 잘 섞이는 감정의 물질들"이다. 이처럼 시인은 선한 인간 본성을 탐색하고 복원하는 시의 고고학을 아름답고도 치열하게 펼쳐낸다.

저 허공의 질감이 어떻더냐

햇살 지나고 박살 나는 피투성이 천둥 지나고 할퀴듯 사나운 폭풍하며

연한 몸빛의 달빛 지나고 연한 쑥물 봄바람 지나고

그다음에 늘씬하게 두들겨 태어나는 한지

종이의 질긴 정신은 죽음을 넘어왔다

세상이 뱉어 내는 것들 다 안아 들인

그래서 낮은 보폭으로

깊은 침묵 안에

얼어붙는 겨울 대지에 쏘옥 고개 드는 싹

소리 없이

도도한 사람의 정신 여기 태어난다.

　　　　—「한지」전문(『종이』)

　'한지'는 말 그대로 닥나무 껍질을 재료로 하여 전통
적 방법으로 만든 한국 고유의 종이이다. 시인은 그 한지
의 질감을 두고 햇살과 천둥과 폭풍과 달빛과 봄바람 지
나고 난 후 태어난 것이라고 말한다. 그래서 시인은 "종
이의 질긴 정신"은 죽음을 넘어 "세상이 뱉어 내는 것들
다 안아 들인" 품으로 온다고 형상화한다. 그렇게 한지는

낮은 보폭과 깊은 침묵으로 다가와 "도도한 사람의 정신"이 태어나게 하는, 모든 존재자들의 자궁인 셈이다. 그것은 "영원히 // 제 몸을 헐어 // 정신의 칼날을 가는 // 숫돌의 힘"(「종이책」)을 지키는 것일 터이다. 이 시집에서 모든 사물의 기원과 의미는 '종이'로 한결같이 수렴된다. 나뭇잎도, 파도도, 바람도, 폭설도, 사람의 마음도 모두 다종다양한 종이의 변형일 뿐이다. 이렇게 시인은 종이라는 사물에 살아 움직이는 이미지와 의미를 한결같이 부여해가면서, 시인으로서의 성체성과 인간 본성의 기원을 바라보는 형이상학적 시인으로 서늡난다. 그가 노래하는 이러한 아날로그의 사유와 감각은 종이에 그대로 각인되고 흘러가면서, 각박해진 우리 시대를 역설적으로 비추고 있다. 선한 인간 본성을 탐색하고 복원한 신달자 시의 고고학이 깊고 애잔하고 아름답게 남은 시집이다.

또한 제14시집 『살 흐르다』는 오래도록 자신의 시를 묶어두었던 상처, 회한, 통증을 홀홀 털고, 매우 구체적이고 생동감 있는 시적 차원을 새롭게 보여준 성과이다. 아닌 게 아니라 이 시집은 시인이 몸에 지녔던 내상들을 지나, 절망의 심연보다는 생의 역설적 희망으로 시의 지표를 옮겨간 확연한 실물이다. 타자들을 향한 사랑과 연민을 더욱 구체화하면서 그의 시는 일상에서, 주변에서,

가정에서 흔히 만날 수 있는 정서와 사건의 세목을 구체적 실감으로 노래한다. 저마다의 정체성으로 삶을 꾸리는 이들을 향한 살가운 손길로 충일하다. 그렇게 시인은 얼마든지 낯익은 세계로 뿌리를 내리면서 사람살이의 구체성으로 진입해가는 모습을 선명하게 보여준다. 실로 먼 길을 에돌아 이제 비로소 살붙이들로 돌아온 것 같은 귀환의 여정이 오롯하다. 신달자 시인이 책머리에 밝힌 "어둠과 빛의 분량이 비슷한 그 순간의 어울림"이란, 바로 이러한 귀환의 시간을 감각적으로 표상하는 것일 터이다.

밤새 내리고 아침에 내리고 낮을 거쳐 저녁에 또 내리는 비

적막하다고 한마디 했더니 그래 살아 움직이는 장면을 계속 보여 주는구나

고맙다. 너희들 다 안아 주다가 늙어 버리겠다 몇 줄기는 연 창으로 들어와

반절 손을 적신다 손을 적시는데 등이 따스하다

죽 죽 죽 줄 줄 줄 비는 엄마 심부름처럼 다른 사람에게는 내리지 않고

춤추듯 노래하듯 긴 영화를 돌리고 있다 엄마 한잔할 때 부르던 가락 닮았다

큰 소리도 아니고 추적추적 혼잣말처럼 오르락내리락
하는 비

이젠 됐다라고 말하려다 꿀꺽 삼킨다 저 움직이는 비
바람이 뚝 그치는

그다음의 고요를 무엇이라고 말할 준비가 되어 있지
않다 표현이 막막하다.

　　　—「내 앞에 비 내리고」전문(『살 흐르다』)

　　하루 좋일 내리는 비를 바라보면서 자신의 내면과
그 빗줄기가 어느새 유추적으로 만나게 되는 과정을 노
래한 작품이다. 시인은 빗줄기를 다 안아주다가 자신을
적시는 빗소리를 통해 어머니를 회상한다. "큰 소리도 아
니고 추적추적 혼잣말처럼 오르락내리락하는 비" 앞에
서 시인은 "이젠 됐다라고 말하려다" 말고 깊은 고요 속
으로 빠져든다. 그렇게 사물과 자아, 기억과 현재를 오가
면서 시인은 자신을 감싸고 있는 "그다음의 고요"를 표
현할 말을 못 찾고 있는 자신을 발견한다. 그리고 그 순간
은 눈물의 표상으로 이어진다.

슬픔의 이슬도 아니다
아픔의 진물도 아니다
한순간 주르르 흐르는 한 줄기 허수아비 눈물

내 나이 돼 봐라

진 곳은 마르고 마른 곳은 젖느니

저 아래 출렁거리던 강물 다 마르고

보송보송 반짝이던 두 눈은 짓무르는데

울렁거리던 암내조차 완전 가신

어둑어둑 어둠 깔리고 저녁놀 발등 퍼질 때

소금기조차 바짝 마른 눈물 한 줄기

너 뭐냐?

—「헛눈물」전문(『살 흐르다』)

   '눈물'이라는 소재를 명료하면서도 절제된 언어로
다듬어내면서 삶의 본질을 노래한 작품이다. 세월이 지
나며 여성성을 상실해가는 '어머니'를 생각하며 쓴 작품
이기도 하다. "슬픔의 이슬"도 아니고 "아픔의 진물"도
아닌 "소금기조차 바짝 마른 눈물 한줄기"가 바로 그 마
지막 남은 크리스털일 것이다. 마지막으로는 "너 뭐냐?"
라고 묻는 시인의 자기 성찰이 오롯이 빛나고 있는데 이
는 "모든 시간을 멈추고 / 한 점 순간에 자신을 밀어붙이
고 / 모든 의식의 눈을 감고 / 한 점 찰나에 소멸하려는
그 순간"(「백색 소리」)이 아닐까 생각해보게 된다.

다리 위에서 한 여자가 철버덕 주저앉네

그 철버덕을 따라가노라면 한 생의 찌그러진

명암이 비명을 업고 달려가네

허공의 손짓이 숱한 금으로 흩어지는 두 손

두 손 말고도 깊은 금 온몸 무겁게 거느리고 있네

그 철버덕 해명을 멀리 갈 것이 있겠는가

지금 내 손바닥의 잔금들 수십만 대군의 패잔병 신음

길게 죽죽 울리고 있네

환장할 듯 달려들다가

피범벅으로 얼굴 째져 넘어지는 세월

그 철버덕 안에서

인조 속눈썹이 반쯤 떨어져 덜렁거리는 무안 참는

희극의 삶이

어느 때고 철버덕 여운으로 귀가 멍멍

입 안이 너무 쓰다.

— 「철버덕」 전문(『살 흐르다』)

시인은 '철버덕'이라는 부사를 활용하여 역시 상처와 통증을 넘어서는 모습을 보여준다. '철버덕'은 옅은 물이나 진창을 크고 거칠게 밟거나 칠 때 나는 소리를 나타내는 말이다. 우리는 한 여자가 다리 위에서 주저앉을 때, 그 철버덕을 따라가면 "한 생의 찌그러진 / 명암이 비명을 업고 달려가"는 순간과 만나게 된다. 시인은 "지금 내 손바닥의 잔금들"이 대군의 패잔병 신음이며, 세월의 철버덕 안에서 아로새겨지는 멍멍한 귀와 쓰디쓴 입 안으로 그것이 남아 있다고 고백한다. 이때의 '잔금'과 '신음', 그리고 '피범벅'의 얼굴은 모두 생의 지난한 상처였을 것이고, 시인은 그것들을 지나 평정과 무심함을 찾아가는 시학의 궤적을 그리고 있는 것이다. 그렇게 『살 흐르다』에는 진한 상처들을 넘어서려는 시인의 고투가 아름다운 흐름으로 각인되어 있다.

제15시집 『북촌』은 시인이 언젠가 살았던 서울 북촌의 고유한 장소성을 실감 있게 살려내면서 심미적이고 고전적인 감염력을 보여준 결실이다. 『북촌』에 담긴 소재와 공간에서 시인은 우리가 시간의 빠른 속도 때문에 쉽게 망각하곤 했던 삶의 본령 혹은 궁극적 의미 같은 것을 새삼 일깨워준다. 그의 시는 이러한 성찰의 자장磁場 안에서 완성되어간다. "언 밥 한 그릇 녹이는 사이"(「서늘함」)를 관조하면서 시인은 "햇살 보듬는 / 앙증맞은 툇마루에 앉아 어린 하늘을"(「툇마루」) 어루만질 수 있었던 것이다.

마지막으로 제16시집 『간절함』이다. 일생 마음이 다하는 순간순간을 간절하게 붙잡고 있는 시인의 후기

시학이 단연 빛으로 둘러싸인 장면을 담은 기록이 아닌
가 한다.

    그 무엇 하나에 간절할 때는
    등뼈에서 피리 소리가 난다

    열 손가락 열 발가락 끝에
    푸른 불꽃이 어른거린다

    두 손과 손 사이에
    깊은 동굴이 열리고
    머리 위로
    빛의 통로가 열리며
    신의 소리가 내려온다

    바위 속 견고한 침묵에
    온기 피어오르며
    자잘한 입들이 오물거리고
    모든 사물들이 무겁게 허리를 굽히며
    제 발등에 입을 맞춘다

    엎드려도 서 있어도

몸의 형태는 스러지고 없다

오직 간절함 그 안으로 동이 터 오른다.

　　　　—「간절함」 전문(『간절함』)

　　이 간절함은 과연 무엇인가. 간절함에 반드시 따라
오는 것은 등뼈에서 나는 "피리 소리"이다. 손가락 발가
락 끝에는 "푸른 불꽃"이 인다. 이 강렬한 청각과 시각의
충격들은 깊은 동굴과 빛의 통로를 열며 궁극적인 존재
인 "신의 소리"로 다가온다. 침묵에서 피어오르는 온기
며, 모든 사물들이 제 발등에 입을 맞추는 순간이며, 시
인은 모든 간절한 것들의 움직임 안으로 동 터오는 순간
을 바라보고 있다. 이처럼 시인은 자신의 오랜 경륜과 견
고한 역량을 인생론적 사색에 쏟아붓는다. 시인은 시 쓰
기를 통해 현실에서는 불가능한 존재 전환을 꿈꾸면서,
일상을 벗어나 전혀 다른 곳으로 상상적 이동을 꾀해가
는 모습을 보여준다. 이때 이루어지는 존재 전환이란 삶
의 가장 밑바닥이나 최대한 멀리 있는 원심까지 나아갔
다가 다시 어김없이 스스로에게 귀환해 오는 과정을 밟
아간다. 간절함은 그러한 전환의 열망을 바라보는 시인
의 마음을 암시한 제목일 것이다. 여기까지가 신달자의
후기 시, 이를테면 근작의 성과인 셈이다. 물론 그는 이

번 시선집의 원고를 갈무리하고 나서 새로운 시집 『전쟁과 평화가 있는 내 부엌』(2023)을 펴냈다. 이 시집에 그의 최근작이 담겼기 때문에 추후 쓰이는 신달자론에서는 반드시 포괄되어야 할 것이다.

기본적으로 신달자 시인은 서정시의 회귀 과정을 충실하게 치러가는 미학적 장인이다. 그만큼 그의 목소리는 고조곤하고 친밀하지만 그 안에는 만만찮은 회귀와 발견의 역동적 감각이 담겨 있다. 그는 이처럼 세계내적 존재로서 펼쳐가는 다양한 순간들을 아름답게 노래하면서 그 필연적 감각의 연관성을 초래하는 힘과 깊이를 암시적으로 증언한다. 그 힘과 깊이를 통해 시인은 삶의 신비와 경이를 투명하고 친화력 있는 시선으로 조감해가는 것이다.

사랑의 고백과 증언으로서의 서정시

신달자 시선집 『저 거리의 암자』에 실린 시 한 편 한 편에 서린 경험적 실감이나 무게는 탁월한 개성을 풍요롭게 담아내고 있다. 아닌 게 아니라 삶의 활력을 노래할 때에도 그 안에는 매우 미세한 정서나 경험이 숨 쉬고 있고, 슬픔을 담아낼 때에도 그 안에는 구체적인 삶의 상처나 고통을 넘어서는 넉넉한 긍정의 마음이 응축되어 있다.

그 점에서 개별성과 보편성을 통합한 실물적 사례로서 이번 시선집은 우리에게 가까이 다가올 것이다. 시인은 보편적 삶의 이치에 대한 성찰의 목소리를 통해 시간의 흐름을 읽어내고 헌신과 사랑의 마음을 은유해낸다. 그러한 노력이 우리의 감각과 인식을 새롭게 쇄신하면서 뭇 생명에 대한 신비와 경이를 폭넓게 경험하게 해줄 것이다.

결국 이번 시선집은 삶의 근원적 이치를 탐구하는 서정시의 존재론으로 모아지면서, 그렇게 서정시가 구현하는 위안과 치유의 순간들을 우리에게 건네고 있다. 그 안에는 생의 상처를 사랑으로 견디고 치유하고 극복해온 고백과 증언으로서의 서정시가 가득 펼쳐져 있다. 신달자 시인은 자신의 정신적 기원이자 바탕이라고 할 대상들을 일일이 호명하면서, 뭇 생명이 자신의 현재적 삶과 얼마나 친화적으로 공존하고 있는지를 아름답게 노래해간다. 그 안에는 오랫동안 흔들려온 시간이 녹아 있고 새로운 기억을 마련해가려는 시인의 의지가 배어 있다. 여기서 '새로운 기억'이란, 지난날을 단순하게 재현하는 원리가 아니라, 현재의 삶에서 옛 질서를 발견하고 그것을 더욱 소중히 간직해가려는 상상적 힘을 말한다. 그것은 앞으로도 시간과 공간, 삶과 죽음을 가로지르는 새로운 상상력 속에서 구현되어갈 것이다. 상처를 넘

어서는 사랑과 헌신의 서정적 정화를 완성한 이번 시선
집의 상재를 축하드리면서, 시인이 따뜻한 기억을 더욱
소중하게 담아 서정시의 한 진경을 앞으로도 한없이 보
여주기를, 마음 깊이 소망해본다.

작품 출처

제1시집 『봉헌문자』(현대문학사, 1973.12.1.)

발 I / 흙의 말씀 / 조춘早春

제2시집 『겨울 축제』(조광출판사, 1976.11.15.)

귀가 / 겨울 그 밤마다 / 손 / 겨울 노래 / 찌꺼기

제3시집 『고향의 물』(서문당, 1982.12.5.)

겨울 성묘 / 정전 / 꽃 / 노모老母 / 뒷산 / 말하는 몸 /

일박一泊 / 성회수요일에 / 친구에게 / 부활의 눈 /

가을 언약

제4시집 『모순의 방』(열음사, 1985.12.10.)

광야에게 / 다만 하나의 빛깔로 / 중년 / 커피를 마시며 /

겨울 노래—허영자 언니에게 / 편지 / 겨울 편지 / 비가悲歌

제5시집 『아가雅歌』(행림출판, 1986.10.20.)

네가 눈뜨는 새벽에 / 아가 1 / 아가 17 / 아가 19 / 아가 23 /

아가 28 / 아가 32 / 아가 58

제16시집   『간절함』(민음사, 2019.10.11.)

간절함 / 심장이여! 너는 노을 / 늙은 밭 / 깊은 골 심곡동 /

망치 / 겨울 들판을 건너온 바람이 / 희수지령 喜壽指令

기타   「조오현」(『노래했을 뿐이다』, 신달자 외, 문학나무, 2008.12.13.)

「너의 연인이 되기 위해 별 이름 하나를 더 왼다」(시집 미수록 시)

「한 잔의 갈색 차가 되어」(시집 미수록 시)

391

저 거리의 임자

1판 1쇄   2023년 9월 15일
1판 2쇄   2023년 11월 8일

지은이   신달자

펴낸이   임지현
펴낸곳   (주)문학사상
주소   경기도 파주시 회동길 363-8, 201호 (10881)
등록   1973년 3월 21일 제1-137호

전화   031)946-8503
팩스   031)955-9912
홈페이지   www.munsa.co.kr
이메일   munsa@munsa.co.kr

ISBN 978-89-7012-571-8 (03810)

* 잘못 만들어진 책은 구입처에서 교환해 드립니다.
* 가격은 뒤표지에 표시되어 있습니다.